ウシクルナ!

陣崎草子

光村図書

ウシクルナ！

もくじ

登場人物

四葉四郎《よつばしろう》

主人公。小学4年生の男の子。夢《ゆめ》はバンドを組んで、日本一になること。特技《とくぎ》はドラム。

ウシ

関西弁《かんさいべん》をしゃべる、おっさんウシ。突然《とつぜん》四郎《しろう》の家に現《あらわ》れて、住みついた!?

父《とう》ちゃん

四郎《しろう》の父《とう》ちゃん。仕事はタクシーの運転手。特《とく》技《ぎ》はギター。

栃乙女《とちおとめ》レラミ

四郎《しろう》の幼《おさな》なじみ。
栃乙女財閥《とちおとめざいばつ》のお嬢《じょう》さま。
スーパーアイドルを目指している。

白神《しらかみ》さん

レラミの執事《しつじ》。いつもレラミのそばにいる。

三段界《さんだんかい》さん

四郎《しろう》のアパートの大家さん。昔はパンクバンドのベーシストだった。

母《かあ》ちゃん

四郎《しろう》の母《かあ》ちゃん。父《とう》ちゃんに愛想《あいそ》をつかして家を出て行ってしまった。

桂川《かつらがわ》ボンド

謎《なぞ》の霊能力者《れいのうりょくしゃ》。みんなの運命を予言《よげん》する。

特大にまちがってるサンタ

十歳《じゅっさい》にもなって、サンタクロースのじじいなんか信じてるわけがない。
そこは、あたりまえなんだよな。
そう思いながら、ぼくは大型家電店《おおがたかでんてん》のおもちゃのチラシをにらみまくっていた。
あのヒゲ面《づら》のデブいじじいが、ぼくら子どもにとって魅力的《みりょくてき》な理由はただひとつだ。
あのじじいは、「プレゼント」を持ってくる。
そこが、ナイスなんだ。それにつきる。

ってか、あのじじいの「プレゼントを持ってくる」って仕事は、ナイスすぎなんだ。ナイスすぎるから、ぼくら子どもは、頭が爆発《ばくはつ》しそうなほどワクワクしちまうし、大さわぎする。

「ああっ、ちっきしょー！」

叫《さけ》びながら、ぼくはチラシをばんばん裏拳《うらけん》でたたいた。

今はもう、正月も目の前にせまっている。

そしてうちには、クリスマスプレゼントなんか、届《とど》きゃしなかった――。

チラシにのっている、電子深海魚戦隊《でんししんかいぎょせんたい》・ダイオウイカライダーの、変身ベルトの写真を食いいるように見る。番組が大ブレイクして、斬新《ざんしん》なコンセプトのオモチャは、おとなも欲《ほ》しがるほどの人気なのだ。ベルトの部分が昆布《こんぶ》のモチーフになっていて、まん中のエネルギー放射《ほうしゃ》フィールドの部分はイカの目の形で、周り

に十本のイカ足がうようよしている。キテレツなデザインなのに、いや、だから
こそ、すごくイカしてる。
〈このベルトを装着《そうちゃく》しても、変身はできません〉
ベルトの写真の下に、小さな字でそう書いてある。
「この注意書きが、またいいんだよな～」
くううっと、うなって、ぼくは足をバタバタさせた。
「変身できません」なんて書いてあると、逆《ぎゃく》に、千個《せんこ》に一個《いっこ》くらい、変身できる
ホンモノがまざってるんじゃないか？　と、謎《なぞ》の期待が高まるのはなんでだろう。
もしもホンモノをゲットできたら、それってすごいことだ。
「でっもなああ！」
ぼくはどかっとあおむけに寝《ね》ころぶと、チラシをほうりだした。
サンタクロースは、優《やさ》しそうなじじいだからステキなんじゃない。
それは絶対《ぜったい》だ。モノをくれるから、ステキなんだ。ふだんなら買ってもらえな

いような高いオモチャなんかをくれて、ぼくら子どもたちの、この燃《も》えたぎるオモチャ欲《よく》を満たしてくれる。そこがすばらしいんだ。

——でも、うちにはサンタは来なかった。

クラスのみんなは、あの赤白の服を着た、煙突《えんとつ》や窓《まど》から不法侵入《ふほうしんにゅう》をやらかすじじいがプレゼントを置いていった、という話で盛《も》りあがっていた。まあ、じじいが本当はだれなのかってことは、だいたいのヤツが知ってるんだけどさあ……。

「はあ～あ」

深いため息をついたところで、

ガンガン!!

いきなり、窓《まど》をたたく音がした。

ギョッとしてぼくは、閉《と》じられたふすまのほうを見た。ここは木造《もくぞう》アパートの一階で、ふすまのむこうの部屋《へや》には小さな庭に面した窓《まど》がある。その庭によその人が入ってくるなんて、ありえないことだ。しかも今は夜の七時。用があるなら、玄関《げんかん》のチャイムを鳴らすはず。

ガンガン!!

また音がして、ぼくは飛びあがった。そして次に、ハッと気がついた。

(あ、もしかして、父《とう》ちゃんか？　家の鍵《かぎ》を忘《わす》れたのかな)

うちには電話はないし、携帯電話《けいたいでんわ》は父ちゃんしか持っていない。だから、ぼくを呼《よ》ぼうとして窓《まど》をたたいてるのかな。

「そういや玄関《げんかん》のチャイム、すかしっぺみたいな音しか出ないもんな。たまに気づかないんだよな〜、あれ」

ぼくはほっとして、となりの部屋《へや》に行き、カーテンをシャッと開けた。

すると、ガラス窓《まど》のむこうに、ウシが立っていた。

「ぎ、やあーーっ!!」

絶叫《ぜっきょう》して、ぼくは尻《しり》もちをついた。

う、う、う、ウシー!?

「おっ、なんや、鍵《かぎ》開いとるがな。ほな、じゃまするで」

がらりと窓《まど》を開け、ウシは部屋《へや》の中に入ってきた。

「あ、あばばばばば……」

ウシは白黒のブチ柄《がら》で、うしろの二本足だけで畳《たたみ》の上に立って、じっとこっちを見ている。で、でかすぎ……。

「なにビビッてんのや。ワシ、きみが呼《よ》ぶから、来たったんやで」

ウシはでっぷりとしたお腹《なか》を黒いひづめでごりごりかいている。そのお腹《なか》には、びよびよにのびたラクダ色の超《ちょう》でかい腹《はら》巻《ま》きが巻《ま》いてある。

「しっつれいやでぇ。そんな妖怪《ようかい》か泥棒《どろぼう》でも見るみたいな目ぇされたら、ワシ、プライド傷《きず》つくわ～」

なにが起きているのか、わけがわからない。なんでウシがぼくの家に？　なんでしゃべってるんだ？　しかも、か……関西弁《かんさいべん》??

「あんた、だれ」

だれっていうか、ウシじゃん、と思いながらも、ぼくはきいた。

「サンタクローウシやがな。きみ、サンタが来《こ》ーへんから言《ゆ》うて、ふてくされとったやろ？　だから、来たったんやがな」

「はああ⁇」

思わず、ぼくは立ちあがった。サンタクロー……ウシ⁇

「は～、いややなあ。あんなに強く呼《よ》んどいて、これやで」

強く呼《よ》んだって、ぼくが？

たしかにぼくは、サンタのことは強く頭にイメージしたけど……。

「あ、きみ、ワシが白黒やから、うたごうてるやろ。サンタみたいに赤白ちゃうから。でもそれ、きみのせいやで」

「ど、どういうこと？」

「きみ、サンタにネガティブなイメージを強烈《きょうれつ》にもってたやろ。そうすると、なんていうか、めでたい赤白やのうて、こういうネガティブな色っていうことになるわなあ。だから白黒なんやで」

「はあ、じゃあ、なんでウシなの？」

色よりそっちのほうがおかしいだろ！　サンタなんだから、とりあえず人間の姿《すがた》をしたじじいを寄《よ》こせよ！　とぼくは心の中でつっこんだ。

「そりゃきみ、サンタといっしょに生クリームのクリスマスケーキのイメージも、もってたやん？　生クリームってウシのお乳《ちち》からできるやん？　だからちゃうか」

「ああ、なるほど……」

じゃ、ないだろっ！

やばい、うっかり納得《なっとく》しかけたよ。クリスマスの日に、父ちゃんがコンビニのショートケーキを買ってくれたのだ。それだけは、クリスマスの日の、まあまあうれしいできごとだった。ホール型《がた》の大きいケーキじゃなかったとはいえね。

「ま、そういう感じのことってあるよねえ。いろんなものがびみょうにつながってるっちゅうか、連想ゲーム？　みたいな？」

「じゃ、なんで関西弁《かんさいべん》なの？」

続けてぼくがきくと、「それは、ワシのシュミやん？」と言いながら、ウシは腹巻《はらま》きの中に前足をつっこんでごそごそとさぐった。そしてなにかを取りだしたかと思うと、ぼくの肩《かた》にずしりとのせてきた。

「はい、プレゼント」

瞬間《しゅんかん》、背中《せなか》にぞわわ～っと電流が走った。

「な、なんだよこれ!?」

あわてて手にとって広げてみると、それは、昆布《こんぶ》だった。昆布《こんぶ》のまん中には、巨大《きょだい》な目玉みたいな気持ち悪いものがついている。その周りには、うねうねと動くイカの足。全体的に、ねばねばしている。

「変身ベルトやん」

「ふざけんな!!」

ぼくはその、ホ、ン、モ、ノ、の昆布《こんぶ》でできた「変身ベルト」を、窓《まど》の外に向かって思いっきり投げつけた。

「ホンモノのベルトってのは、そういう意味じゃ、ないっっ!!」

ベチャッと、昆布《こんぶ》ベルトが外の塀《へい》にぶつかる音がした。

ぼくはハアハアと激《はげ》しく息をして肩《かた》をいからせた。ウシはそんなぼくを見おろしながら、しかめっ面《つら》で前足を組み、耳をぱたぱたさせていた。

「い、いったいなんなんだよ！　この、なんかちょっとずつまちがってるせいで、結局特大にまちがってるサンタクロースは！」

ぼくが頭をかかえて叫《さけ》ぶと、ウシはフンッと鼻息を吹《ふ》いた。

「っていうか、きみさあ、ほんまは、めっちゃええプレゼント、もろてるやん？」

「へ？　なんだよそれ。どういうこと？」

「ほら、あれ」

畳《たたみ》の上に投げすてられたブルーの紙を、ウシは前足でさした。

「お父ちゃんと遊べる券《けん》」

「あ、ぐ……」

ウシの言葉に、ぼくは思わずくちびるをかんだ。

こいつ、ウシのくせに、特大にまちがってるサンタクロースのくせに……。

なんで、なんでそんなこと知ってるんだ——!


うちは、貧乏《びんぼう》だ。

わりと、いや、だいぶ、貧乏《びんぼう》だと思う。

それはなんでかっていうと、父ちゃんが、よその家の父ちゃんみたいにバリバリかっこよく働ける人じゃなくて、すぐに勤《つと》め先をやめさせられちゃうせいだ。

ぼくから見ても、父ちゃんがダメな感じなのは、なんとなくわかる。忘《わす》れものはぼくの十倍は多いし、ものを出したら出しっぱなしだし、遅刻《ちこく》だって多い。

そんな父ちゃんはいつも、会社でさんざん怒《おこ》られるらしくて、よくしょんぼり肩《かた》を落として家に帰ってきた。元気をなくして、幽霊《ゆうれい》みたいな顔色をして。で、そんな日がしばらく続いたと思うと、やがてポイっと、会社をやめさせられちゃうんだ。

母《かあ》ちゃんは、そんな父ちゃんにあきあきして、貧乏《びんぼう》なことにもあきあきして、ついに父ちゃんを置いて、家を出ていく決心をした。そのとき母ちゃんは、ついでにぼくも、置いていく決心をした。

ぼくは、母ちゃんみたいによそに行ったりできない。だから、しかたないし、父ちゃんをなぐさめた。「父ちゃん、男ふたりでも、楽しくやってこうぜ」ってさ。

でも、父ちゃんとふたりの生活は、実をいうと、そんなに嫌《いや》じゃない。

っていうか、キーキー怒《おこ》ってばっかだった母ちゃんがいなくなって、むしろせいせいしたかもしんない。父ちゃんの作るうどんや卵焼《たまごや》きは、秘密《ひみつ》のかくし味があるらしくて、やけにおいしいしね。母ちゃんにいつも怒《おこ》られてた、どっちがでかいオナラを出せるかゲームだって、好きなだけできるし。

それに、父ちゃんは最近、タクシーの運転手に就職《しゅうしょく》が決まったんだ。父ちゃん、すっげえうれしそうなんだ。タクシーだと、ひとりで仕事できるから、他の人に怒《おこ》られなくてすんで、楽しいんだってさ。父ちゃん、タクシーの運転、うまいらしい。

「やっと、自分に合った仕事が見つかったよ」

父ちゃんがそう言ったので、ぼくたちは「イエーイ、イエーイ」って、お尻《しり》をぶつけあって、喜《よろこ》びあった。

まあね、わかってはいたんだよ。新しい仕事をはじめたばっかりの父ちゃんに、高いオモチャなんか買えるわけないってことはさ……。

でも、ぼく恥《は》ずかしかったんだ。友だちに、「クリスマスなにもらった？」ってきかれて。言えるわけないじゃんか。「お父ちゃんと遊べる券《けん》」だなんて。

クリスマスの朝、枕《まくら》もとに「お父ちゃんと遊べる券《けん》」が置いてあるのを見たとき、小一のときにこづかいが欲《ほ》しくて、自分で作って父ちゃんにわたした、「かたたたき一回十円券」のことを思いだした。

パクリじゃん！　って、心の中でつっこんだよね。

そりゃ、つっこむでしょ。あんた子どもかよ！　ってさ。

まあそんなわけで、友だちには、「ぼく、電子深海魚戦隊《でんししんかいぎょせんたい》のダイオウイカベルトもらったぜ」って言っちゃったんだよなあ……。

バッカ！　なんでそんなこと言ったんだよって、あとから、なんかすっげー腹《はら》が立った。父ちゃんか自分か、だれに腹《はら》が立ってんだか、よくわかんなかったけどさ。とにかく、腹《はら》が立ったんだ。

「あんなあ、きみ」

「わっ」

しばらくだまってたウシが急にしゃべったので、ぼくはびっくりした。

「ワシ、きみの願いだけで、ここに呼《よ》ばれたんちゃうねんで」

「え？　どういうこと？」

「きみのお父ちゃんの願いのエネルギーも、えらい強かったんや。だからワシ、ここに来ることになってん。その、上のほうにおる神さんみたいな、まあ、ワシの上司みたいなお方がな、ちょっとあの家行ったったら？　って言わはってなあ」

父ちゃんの願いだって？　どういうことだろう。

「そ、そうなんだ？　えっと……、父ちゃんの願いって、どんなこと？」

ぼくはドキドキしながらたずねた。すると、ウシはまるで草を食べるときみたいに、口をもごもごさせて言った。

「きみのお父ちゃん、プレゼント券《けん》、ものすご使《つこ》てほしいみたいよ。きみがあの券使《けんつこ》たら、タクシーに乗っけてドライブに連れてったろうと思《おも》てはるねん。きみに運転してる姿《すがた》見せたろうって」

「ああ、そうなのか……、そっかあ……」

思わず、うつむいてしまった。就職《しゅうしょく》が決まったときの、父ちゃんのうれしそうな笑顔《えがお》が思いうかぶ。父ちゃん、ぼくが券《けん》を使うの、ずっと待ってたのかな。

「よし、わかったよ。あの券《けん》、使うよ」

ぼくは心に決めて、顔を上げた。

するとウシは、ブホーッと大きな鼻息をまきちらし、四つんばいになった。

「よっしゃ。ほな、乗り」

「え？　え？　背中《せなか》に？」

「せや、今から、お父ちゃんのとこ、行くねやがな」

ぼくはあわててジャンパーを取ってくると、ウシの背中《せなか》にまたがった。そしてぼくを乗せると、ウシは窓《まど》から庭へ出て、ふわりと空に浮《う》かびあがった。

「ひゃー、マジかよー！」

冷たい風が、顔に吹《ふ》きつける。

「ねえウシ、きみがウシの姿《すがた》なのってさあ、もしかしたら、トナカイの役とサンタクロースの役が、ごっちゃにまざってるからじゃないの？」

そうきくと、ウシはブルルーッとひときわ大きな鼻息をふりまいた。

「まあ、ちょっとずつ近いもん集めたら、こうなりましたっちゅうこっちゃな」

ウシシッと笑い、ウシは町の上をびゅんびゅん飛んでいく。

「おっ？　見っけたで。あれ、お父ちゃんのタクシーやがな」

「ひゃっほーう！」

ぼくはなんだか、おかしくってしかたなくて、ケタケタ笑った。

父ちゃんは、トナカイならぬウシにまたがって空を飛んできたぼくを見て、どんな顔をするんだろう。きっと父ちゃんなら、ぼくと同じようにひっくり返って尻《しり》もちをついたあとに、大笑いするにちがいない。

そう思うと、ぼくはますます笑わずにはいられなかった。

——まあ、それで、ですよ。

このときぼくは、父ちゃんといっぱい、楽しく遊んだわけだけどさ……。

なぜかウシのやつ、ぼくが止めるのも聞かず、むりやりいっしょにタクシーに乗りこんできてさ。ノリノリでドライブを楽しんで、車内で巨体《きょたい》をはずませて、父ちゃんのタクシーの天井にガンガン角《つの》をあててボコボコにしたりして、おまえなにしてんだ、ふざけんなよって思ったんだけどさ……。

それにしたってこのときのぼくは、まったく想像《そうぞう》もしていなかったんだよ。

お正月がすぎても、まだウシのやつがうちにいつくことになるなんて……。

しかも、とんでもないことに巻《ま》きこまれる未来が、待ってるなんて……。

あーあ！

本当にまったく、ぼくは想像《そうぞう》してなかったんだ！

ぼくのビートはスパークする

「じゃあ行ってくるな～」って、父ちゃんの声が聞こえたことはおぼえている。

そっからまた、ぐっすりねむっちゃったんだ。

だって、昨日《きのう》はひさしぶりに、父ちゃんと激《はげ》しく遊んだからなあ。

ゴッ、ゴツ、ゴリリ
むにゃむにゃ。んー？　なんか、おでこを重いものでぐいぐい押《お》されてる感じがするんだけど。なんだろう？　むにゃむにゃ。

「ほんっっま、ねぼすけやなあ！　ぜんぜん起きへんやん」

ん？　なんだこの声？　あ、そっか、夢《ゆめ》か。

グイ、ゴッゴッ、ガコッ
「いやいやきみ、ひづめって、けっこう重いしかたいよ？　それでこんだけ押《お》してんのに起きへんって、どういうこと？」

なんだ？　おっさんの声？

あ、なにか思いだしてきたような。なんか、嫌《いや》な感じが……。

「しゃあないなあ」

ボヨ～ン
顔の上になにかがのっかってきた。重い。そして、あったかい。なんだこれ？　やわらかい。ふかふかしてる。っていうか、んん？　なんかだんだん息が苦しくなってきたぞ。なにかがぼくの鼻や口をふさいでいるような……、うぐ……。

「ぶっはあぁっ!!」

顔をまっ赤《か》にして、ぼくは飛びおきた。そのひょうしに、顔の上から、ボヨヨンとなにかでかいものが落ちてきた。

「やっと起きたか。もうとっくに昼すぎてんで」

「うわああっ！」

すぐ横を見たぼくは、頭をかかえて叫《さけ》んだ。

やっぱりいる！　やっぱり！

「ちょっともお～、キンキン声は近所迷惑《めいわく》やってぇ。なんで起きるたんびにワシの顔見て叫《さけ》ぶかなあ。感じ悪いわ～」

傷《きず》つくやん、と、そいつは言った。畳《たたみ》の上にあぐらをかいて、ぼくをにらんでいる。

絶望的《ぜつぼうてき》な気分だ。そう、うちにはウシがいるんだった。しかもおっさんの。おでこにぐいぐい押《お》しつけられていたのは、ウシのひづめだったんだ。

くらくらする頭をふると、ぼくはハタと自分のお腹《なか》のあたりを見た。そして、

「うわっ！　なんじゃこらあ！」

と叫《さけ》び、布団《ふとん》からズザザッとはいだした。そこには、巨大《きょだい》な山のような、白い、謎《なぞ》のものがあったのだ。

「なんじゃこらって、見たらわかるやん」とウシは言った。

謎《なぞ》の山のてっぺんには、にゅっと角《つの》みたいなものが四つのびている。たしかに、どっかで見たことがあるような……。

「おチチやん」

「オチチィ?」

ぼくはもう一度、その白いやつを見た。うわっ、ほんとだ。あれだ、ウシのおチチだ。あのでっぷりとたれた部分。そこだけとってきたみたいな形をしてる。なるほど~、そっか、おチチかあ。って、おい!

「なんでこんなもんがあるんだよ!!」

ぼくは声をかぎりに叫《さけ》んだ——。

——ぼくの名前は四葉四郎《よつばしろう》。小学四年生だ。

父ちゃんとふたりで、ここ、「三段界《さんだんかい》アパート」に暮《く》らしている。

そこへ、去年の暮《く》れに、いきなりウシが来たのだ。

「サンタクロースウシやがな」と、ウシはそう言った。

サンタクロースといったら、ふつう、プレゼントを置いたらさっさとその家を出ていくものだ。けれどウシのやつは、なぜかそのままうちにいついている。

まったく、ひどい話だ。四畳半《よじょうはん》のぼくの部屋《へや》にウシがいるんだから。心からじゃまだ。ぼくだって、ぐいぐいと押《お》してみたり、シッポを引っぱったり、なんとか外にほうりだそうと一生懸命《いっしょうけんめい》にやってはみたんだ。でも、そこはさすがウシ。巨体《きょたい》はビクともしなかった——。


食パンをかじりながら、ぼくは畳《たたみ》に転がる「おチチ」をちらっと見た。

どうせロクなもんじゃないんだろうけど、いったいなんなんだよ、これ……。

ウシのやつは部屋《へや》のすみで、『マジでこわい！ 気合いで攻《せ》める心霊《しんれい》スポット』とかいう本を読んでいる。ちっ、なんだその怪《あや》しい本は。

「ていうか、きみ、遅《おそ》い昼ごはんやな～。もうすぐ三時やで。お茶の時間や」

そう言うと、ウシはおもむろに立ちあがり、台所に行った。

ぼくは部屋《へや》のすみの、ウシが座《すわ》っていたちゃぶ台のある一角をにらんで、「はあ～」とため息をついた。

だって、そこだけ異空間《いくうかん》なのだ。

うちにいつくことを勝手に決めたウシは、まず、居心地《いごこち》のいい「自分空間」を作ることにしたようだった。あるとき、突然《とつぜん》部屋《へや》のすみに花柄《はながら》のマットがしかれた。次に、ちゃぶ台に動物柄《どうぶつがら》のクロスがかかり、その次に、壁《かべ》にみょうな外国風のもようの布《ぬの》が飾《かざ》られた。

「オシャレカフェかよ！」

そりゃ、つっこむよね。だって、ウシっておっさんじゃん。関西弁《かんさいべん》のどすこいおやじじゃん。なのに、なにせっせと「ステキ空間」作ってんの？

カチャカチャと音がして、ウシがお盆《ぼん》にティーカップをのせてもどってきた。

変なうず巻《ま》きもようのカップをちゃぶ台に置くと、ウシは言った。

「アフタヌーン・テーやん？」

うわあ、なんかイラつくんですけど！

ぼくの父ちゃんはタクシードライバーで、勤務《きんむ》時間が不規則《ふきそく》だ。

そして、昨日《きのう》はひさしぶりに夜の仕事がない日だった。だから遅《おそ》い時間まで、ふたりでいっぱい遊んだんだ。

ズバババババッ！

と、昨夜、ぼくは父ちゃんの尻《しり》をスティックでたたいていた。

熱いビート！　ドラムだ！

「ふはっ、あひょっ」と、リズムを取る。うつぶせに寝《ね》ころがった父ちゃんの尻《しり》は、ドラムのセットなんだ。

「いてっ、いでででっ。あ～、せめて肩《かた》にしてくれたら、コリも取れてうれしいんだけど。ど、どうかなあ……」

なさけない声を出しながらも、父ちゃんはぼくに尻《しり》を貸《か》してくれる。

「だって、この弾力《だんりょく》があってはじける感じが、リズムを刻《きざ》むのにいいんだよ」

ぼくがそう言うと、父ちゃんは「そっか～、よっしゃ！」と、尻《しり》にきゅっと力をこめてくれた。

「おお！　父ちゃん、いい感じだよ！」

ぼくのビートは、ますますスパークした。

父ちゃんは、たしかにオッチョコチョイで、ダメなところもいっぱいあるけど、なにせ気がいいんだ。だからぼくは父ちゃんが好きだ。母ちゃんが嫌《きら》っても、ぼくは嫌《きら》わない。

で、将来《しょうらい》ぼくはかっこいいロックバンドを組んで、日本一のミュージシャンになるつもりでいる。ばかすか売れて金持ちになって、父ちゃんに腹《はら》いっぱい、大好きなチーチク（チーズのはいったチクワのこと）を食わせてやるつもりだ。

そんなわけで、ぼくは昨夜、熱いハートで父ちゃんの尻《しり》をたたきまくった。

「な、鍋《なべ》でもたたけばいいんじゃないかなあ……」

しまいには父ちゃんはそう言って、ちょっぴり泣いてたけど、そりゃあぜんぜんわかってないってもんだ。ぼくは、父ちゃんと一心同体で練習したいんだよ。いっしょに特訓して、いっしょに夢《ゆめ》をつかむんじゃなきゃね！

昨日《きのう》のことを思いだして興奮《こうふん》したぼくは、つい、ちゃぶ台を指でたたいてリズムを取っていた。すると、ウシが話しかけてきた。

「ちょお、四郎くん、ミルク・テー、するか？」

「どわっ」

かじっていたパンを落とし、ぼくは目をむいた。例の「おチチ」を、ウシがサンタクロースの袋《ふくろ》みたいにかつぎあげて、ミルクをしぼろうとしていたのだ。

「やっぱフレッシュなミルクやないとあかんわ～思《おも》てな。これ、アッチの世界から送ってもろてん。ウシのチチ袋《ぶくろ》で保存《ほぞん》するから、いつでもしぼりたて」

最高やで、と、ウシは自慢《じまん》げに鼻の穴《あな》をふくらませている。

「おい、そんなのどっかやってよ。気持ちわりぃってば」

そう叫《さけ》ぶと、ウシはしょんぼりした顔をした。あ、気持ちわりぃは言いすぎたかな、とちょっと思ったけど、チチ袋《ぶくろ》をボヨンとたたくと、ウシは、「せやな、こういうやわらかいぬくもりは、お母ちゃんのこと思いだすもんな。きみにはつらいかもしれんな」と言った。

「ちがうわ！」

ぼくは激《はげ》しくつっこんだ。けど、ウシは無視《むし》して、カップにチーッとミルクをそそいでいる。

「まったく、テキトーなこと言うなよな。はあ〜、それにしても……」

ぼくは、ため息まじりに周りのステキ空間を見まわした。

ぼくがこのステキ空間にイラ立つ理由は、ウシに似合《にあ》わない上に目ざわりだから、というだけじゃない。

ウシのやつは、うちに来てから数日で、シャレたマットとか布《ぬの》とか、どこからともなく運んできて、この空間をせっせと作った。どうも、ゴミ捨《す》て場からひろったり、だれかから不用品をもらったりしたようだ。それである日、とうとう、

「すごいなあ」

と、父ちゃんが感心してしまったのだ。

さらにはなんと、「ウシくん、節約とか家事とか得意《とくい》だし、全部お願いしちゃ

おっと」と言って、ウシにわが家《や》の財布《さいふ》をあずけてしまったのだ！

目が飛びでた。それって、ウシにうちにいていいって言ってるようなもんじゃん。正気か、父ちゃん。

「やあ、だって父ちゃん、お金の計算も節約も苦手だしさあ。ウシくん、なんかそういうの工夫するのうまそうで、心強いかなって」

父ちゃんは頭をかいて笑ったけど、ぼくの目はしばらく飛びでたままだった。

そんなわけで、それ以来、うちの家計のヒモをウシが牛耳《ぎゅうじ》る（ウシだけに！）ようになってしまったのだ。

まあでも、ウシが家計をにぎるようになって、おどろいたことっていうか、ちょっとだけ、よかったこともあったんだよね……。

それは、ウシのやつが、ウシのくせにみょうに料理がうまいってことだ。

アジのフライとか八宝菜《はっぽうさい》とか、ゴーヤーチャンプルーとか、ちょっと手《て》の込《こ》んだ料理が、ぼくんちの食卓《しょくたく》にならぶようになった。そんなの、今までなかったことだ。母ちゃんだって、料理はぜんぜん得意《とくい》じゃなかったから。

もしかしたらウシは、必死で節約して、いろいろな料理を作ってくれているんだろうか？　貧乏《びんぼう》でも、せめてごはんだけは栄養のあるおいしいものを食べさせてやろうって？

そんなことを考えていると、「あ、今日《きょう》の夕ごはんは、ちょっと気合い入れるで」と、ミルク・テーを飲みながら、ウシがふいに目を光らせた。

「はあ……気合い？」

ぼくは首をひねりながら、自信ありげにふくらんだ、ウシの鼻の穴《あな》を見た。

そして晩《ばん》ごはんの時間になると、ちゃぶ台に、見たことのないような料理がずらりとならんだ。

ウシの気合いってば、マジだったのだ。

「金目鯛《きんめだい》のヴァプール、そば粉《こ》のガレットぞえウシヤバーイ風や」

「ヴァプール？　ガレット？　なにそれ？」

首をかしげつつも、ぼくはとりあえず料理を口に運んだ。そして、ビビッた。

「うわー、うまーい！　マジうまい！」

なんだこれ。こんなうまいもの、生まれて初めて食べたぞ!?

「ウシ、なんでいきなり、こんなすごいものを作りだしたんだ？」

正直、ぼくは感動した。感動ついでに、ウシにきいてみた。するとウシは、「これやがな」と言って、一冊《いっさつ》の本をかかげた。

『マジでこわい！　気合いで攻《せ》める心霊《しんれい》スポット　と　悪霊《あくりょう》に打ち勝つパワーアップグルメ』

うわっ、あの本のタイトル、続きがあったのか。ウシの前足でタイトルがかく

れてたのか。っていうか、心霊《しんれい》とグルメってどんな組みあわせだよ。

「偉大《いだい》な霊能者《れいのうしゃ》、桂川《かつらがわ》ボンドせんせの本や。霊能者《れいのうしゃ》って悪霊《あくりょう》と対決するのにめっちゃパワー使うから、ようさん食べなあかんらしいわ。それでボンドせんせは、どうせ食べるならおいしくてパワーアップできる料理を、いうて研究しはってな」

ウシはうれしそうに鼻息を荒《あら》くして語った。

ぼくは、ははーんと思った。心霊《しんれい》ものといえば、大家《おおや》の三段界《さんだんかい》さんがオカルトマニアだっけ。さてはあの本、三段界《さんだんかい》さんから借りたんだな。

まあいいや。とにかく、ごはんはめちゃくちゃおいしい。こんなゴージャスな料理、これまでのうちの家計じゃ、絶対《ぜったい》食べられない。つまりウシは、父ちゃんの見こんだとおり、かなり節約がうまいんだろう。

うーん、ウシってあんがい、役に立つとこ、あるのかも?

――と、思って、ぼくは油断《ゆだん》していた。

そしてそれは、ある日の夕方に、突然《とつぜん》やってきた。

「はぁぁ？　これだけ⁇」

茶碗《ちゃわん》の中には、たくあんがひと切れと、お米が十つぶあるだけだった。

「そうや。だって、もうお金ないもん」

ウシは平然と言った。

父ちゃんは冷《ひ》や汗《あせ》をたらしている。

「つーかおまえ、たんに無駄遣《むだづか》いしてただけなのかよ!!」

ぼくがほえると、ウシは「やっぱりこれじゃ足らんか。わかった。ほんなら〜……」と言い、おもむろに押《お》し入《い》れをさぐった。そして、

「よっしゃ、釣《つ》るか！」

と言うと、釣《つ》りざおと網《あみ》をかかえて、仁王立《におうだ》ちした。

そんなわけで、ぼくと父ちゃんとウシは、ごはんのための魚をしとめに、父ちゃんのタクシーで海に行くはめになった。

ウシは釣《つ》りのあいだ中、ずっとはしゃいでいて、本当にむかついた。

海から帰って、ようやく晩《ばん》ごはんにありついたあと、すっかり疲《つか》れたぼくは、どうっと布団《ふとん》に倒《たお》れこんだ。

すると、ボヨン、ボヨ～ンという、謎《なぞ》の弾力《だんりょく》につつまれた。

あんまり疲《つか》れていたぼくは、それがなんなのかを確《たし》かめることもしなかった。

だけどそれは、とにかくふかふかで、あったかくて……。

（おっ？　なんだこれ、すげえいいクッションじゃん）

そう思いながら、ぼくは深いねむりに落ちていったのだった。

いちごとバズーカ

バンッ！　と、ぼくはいきおいよくアパートのドアを開けた。

「たっだいま～♪」

ああ最高だ。今日《きょう》は、うちにウシがいない！

ウシは朝、大家《おおや》の三段界《さんだんかい》さんとどっか行くとか言って、出ていったのだ。

ウシがいないと、ほんとせいせいする。あの、でかくて暑くるしいウシがいるだけで、家の室温が五度も上がるくらいだよ。父ちゃんは、「よっ、動くエコ暖《だん》房《ぼう》！　電気代節約だねえ」なんて言うけど、ストーブやコタツはお金を勝手に無《む》駄遣《だづか》いしないし、ウシは断《だん》じてエコや節約じゃないと思う。

「ひとりの時間を楽しむぞー。きゃっほーい！」

そう叫《さけ》ぶと、ぼくはさっそく押《お》し入《い》れから、ずいっと宝物《たからもの》を引っぱりだした。

「じゃじゃーん！　ドラムセットだ!!」

そう、なんたってぼくは今日《きょう》、他のやつにそうじ当番を代わってもらってまで、すっ飛んで帰ってきたのだ。その理由が、このドラムセットってわけだ。

なんと昨日《きのう》、大家《おおや》の三段界《さんだんかい》さんが、このドラムセットをくれたのだ。三段界《さんだんかい》さんはオカルトマニアで、ウシと気が合うという変な人だけど、かつてはパンクバンドのベーシストだったらしい。それで、知り合いから使わなくなった子ども用ドラムセットをもらったとかで、ぼくにくれたのだ。

「うおー、恩《おん》にきます。ありがとうございます！　命の恩人《おんじん》です！」

と、ドラムセットをもらって、ぼくよりも激《はげ》しく喜《よろこ》んだのは父ちゃんだった。

尻《しり》たたきは、ドラムを買えない貧乏《びんぼう》なぼくらが、親子で日本一のミュージシャンを目指そうという熱い思いから考えだしたすばらしい練習法だけど、やっぱり父ちゃんは尻《しり》が痛《いた》かったみたいだ。

ズンズンチャー、ダンダン、ドンドンパーン！

ぼくはさっそくドラムのたたき心地《ごこち》をためした。ああ！　シビレるぅ!!　尻《しり》もいいけど、やっぱりちゃんとしたドラムのたたき心地《ごこち》は格別《かくべつ》だ！

ドンドンパーン、ジャカジャカチーン！

興奮《こうふん》して、ぼくは夢中《むちゅう》でドラムをたたいていた。すると、
コンコン
アパートのドアをノックする音がした。

だけど、まあいっか、とぼくはノックに気づかないふりをしてドラムをたたき続けた。

だって、知らない人が来て、すぐにドアを開けるのは危険《きけん》だからね。あいさつもなくドアや窓《まど》をたたいてくるやつってのは、ぼくの経験《けいけん》上、ロクでもないのば

かりだってわかってるんだ。サギ師《し》とか借金取りとか、あと、ウシとか。

コッコッコッコッ！

今度はちょっと強めのノック音がした。だけどぼくはやっぱり無視《むし》した。ノッてるときにじゃまされるのは嫌《いや》だったからだ。

（うるさいな～。あきらめてどっか行ってくれよ）

心の中で、ぼくは悪態《あくたい》をついた。その瞬間《しゅんかん》のことだった。

ドッゴオオォーン!!

ドガバキャギャガバギギ　ダッダーン!!

とてつもない音がして、玄関《げんかん》のドアがふっ飛んだ。

「ぎゃあああああーー!!」

ぼくは衝撃波《しょうげきは》を受けてぐるぐる転がり、ズダーンとふすまにたたきつけられた。

いったいなんだ??　飛行機墜落《ついらく》？　富士山噴火《ふじさんふんか》？　いや、宇宙人来襲《うちゅうじんらいしゅう》か!?

ぼくは頭と足がさかさまになった姿勢《しせい》のまま、手足をバタバタ動かした。

「ゴホッ、ゲホッ、ガホッ」

もうもうとほこりが舞《ま》って、激《はげ》しくせきが出る。ほこりの奥《おく》に、逆光《ぎゃっこう》を受けた黒い影《かげ》がぼんやり見えた。

「やっぱり、宇宙人《うちゅうじん》!?」

影《かげ》は頭の形が土管みたいに細長い。絶対《ぜったい》人間の姿《すがた》じゃない！

ぼくは前に観た、宇宙人《うちゅうじん》が人間の脳《のう》をくり抜《ぬ》く映画《えいが》を思いだした。「くそお、頭からっぽにされてたまるか！」と叫《さけ》び、なんとか逃《に》げようともがいた。すると、

「仏《ほとけ》の顔も、三度までよお!!」

かん高い声で、影《かげ》がしゃべった。

「はあ??」

なんのこっちゃ？　仏《ほとけ》？　三度？

だんだんほこりがうすくなって、宇宙人《うちゅうじん》の姿《すがた》が現《あらわ》れる。

その正体に、ぼくの目ん玉は飛びでた。

「と、栃乙女《とちおとめ》レラミ――!?」

玄関《げんかん》に立っていたのは、なんと、同じ学校の栃乙女《とちおとめ》レラミだったのだ。土管みたいに見えたものは、筒状《つつじょう》の、なにか長いものだった。いや、っていうか、それって、もしかして……。

「バ、バズーカ!?」

ぼくはくるっとでんぐり返りをすると、ようやく立ちあがった。

なに？　どうなってんの？　なんでレラミがここにいるんだ??

しかも、バズーカなんかかついで！

「四郎ちゃーん、ダメだぞっ！　レラミがせっかくノックしてあげてるのに、居《い》留守《るす》なんか使ってえ。レラミ、ショック受けちゃったんだからあ。だからレラミ、思わずバズーカで、ドアを破壊《はかい》させちゃいました～！　エヘッ☆」

レラミは目の横にピースサインをかざし、片足《かたあし》をくいっと曲げてポーズをつけた。レースがついた、いちご柄《がら》のワンピースのすそをゆらしている。

「あ、が、う、バ、ズ……」

ぼくはあんぐりと口を開けた。

栃乙女《とちおとめ》レラミは、近所の超《ちょう》でかいお屋敷《やしき》に住む栃乙女財閥《とちおとめざいばつ》のお嬢《じょう》さまだ。甘《あま》やかされて育ったせいか、昔から、わりと、いや、相当に、わがままなやつだった。

(そ、そういえば、今日《きょう》……)

ぼくの記憶《きおく》回路は、ギュルギュルと音をたてて逆回転《ぎゃくかいてん》した。


あれは、おわりの会のあとのことだ。

教室を出たぼくは、「あ～早く帰りたいのに、そうじめんどくせ～」とぶつくさ言いながら、ほうきで廊下《ろうか》をはいていた。すると、

「四郎ちゃん、レラミ、そうじ当番を代わってあげてもいいよ」

と、栃乙女《とちおとめ》レラミが声をかけてきたのだ。

「え！　レラミ!?」

ぼくは面くらって、思わず声をあげた。なぜなら、レラミに話しかけられるのは、すんごくひさしぶりだったからだ。

レラミとは家が近所で、小さいころはよくいっしょに遊んだ。でも、お嬢《じょう》さまのレラミはわがままな上に人使いが荒《あら》い。ぼくはよく、白馬の王子さまならぬただの馬としてあつかわれ、背中《せなか》に乗っかったレラミに尻《しり》をべちべちたたかれて走らされていた。だからぼくは、いつからかレラミを見ると逃《に》げだすようになり、しだいにいっしょに遊ばなくなっていったのだ。

そのレラミが、ひさしぶりに声をかけてきたことにもビックリしたし、ましてや「そうじ当番を代わってあげる」なんて親切なことを言うとは、いったいどういう風《かぜ》のふきまわしだ？

（ちょー怪《あや》しいんだけど……）

そう思って、ぼくは後ずさりした。すると、「レラミね、近ごろおそうじが趣《しゅ》味《み》なのお」と笑って、レラミはいちご柄《がら》のリボンをゆらした。

「だってステキなレディになるには、きれい好きじゃなきゃね。それでレラミ、おそうじの練習をしようと思ったの。でもほら、うちのお屋敷《やしき》ってどこもかしこもピカピカじゃない？　だけど学校なら、小汚《こぎたな》いところがいっぱいあるしぃ」

目をキラキラさせているレラミを見て、ぼくはすこしほっとした。

（なーんだ、親切心からじゃなくて、自分勝手な気まぐれで言ってるだけかあ）

レラミは昔から、気まぐれになにかを思いついては、勝手なことをやるやつだった。そうじも、ただの気まぐれってわけだ。レラミが急に親切になったんじゃ不気味だけど、ただの気まぐれなら、こっちだって遠慮《えんりょ》はいらない。

ぼくはにやりと笑った。

他のやつと当番を代わるなんて、ふつうなら同じ班《はん》の女子に怒《おこ》られそうなものだ。だけど、相手がレラミじゃだれもなにも言えない。なにせレラミにもんくなんか言ったら、どんな仕返しをされるかわかったものじゃないんだから。

つまりレラミの提案《ていあん》は、ぼくにとっても都合がよかった。

「悪いね、サンキュー！」

ぼくは笑顔《えがお》で言った。そしてあまりレラミと関わりたくなかったので、すぐさま廊下《ろうか》を走りだした。そのとき、

「いいのよう、気にしないで。代わりに今度、レラミのお願い聞いてね～」

と、背中《せなか》から声が聞こえた、気は……した……。

でも、頭の中がドラムのことでいっぱいだったぼくは、たいして気にもとめず、

「バイバーイ」

と大きく手をふって、さっさと帰ったのだった——。

レラミは、まだほこりが舞《ま》う玄関《げんかん》に立ち、にっこり笑うと、ひとさし指を突《つ》きだした。

「あのね、レラミ、なろうと思うわけ」

「はあ……。えーっと、なに？」

「ちょっとお！『なに？』ってえ！　四郎ちゃんどんかーん！　レラミがなろうと思うものだよお、決まってるじゃない！」

「はあ……」

「アイドルだよ！　ア・イ・ド・ルー！　レラミ、アイドルになろうと思うわけなのお～」

レラミはウィンクをしてクイッと手首を曲げると、鋭《するど》くぼくを指さした。

「四郎ちゃん、おそうじ当番代わってあげる代わりに、レラミのお願い聞いてくれるって約束したよね？」

「あ、う……、っていうか」

ぼくは目を白黒させた。いや、あの～、約束っていうかなんていうかさ、その前にさ、えっと、ぼくんちの……、

「ド、ド、ドアがあっっっ!!」

金魚のように口をぱくぱくさせ、ぼくはかろうじて言った。するとレラミは、くるりと周りを見わたしてから、こくんとうなずいた。

「あ、そういうことね。四郎ちゃん、安心していいのよ。これね、弾《たま》は入ってないの。空砲《くうほう》なの。ちょっと衝撃波《しょうげきは》がすごいけどね。うふふ」

思わず、ぼくはぽりぽりと頭をかいた。

「なーんだ空砲《くうほう》かあ。ぼくてっきり宇宙人来襲《うちゅうじんらいしゅう》だと思って。そっかあ空砲《くうほう》かあ、そりゃあ、ほっと」

って……、

「するわけないだろ! つーか、どうすんだよこのドア! 粉々《こなごな》じゃん! 風すーすー通ってんじゃん!!」

ふっ飛ばされたドアの破片《はへん》を、ぼくはビシビシと指さした。ドアのなくなった玄関《げんかん》からは、よく晴れた青空が見えている。わあ、気持ちいい天気だなあ～。じゃ、ないだろ！　どうすんだよこれ！

レラミはぼくの剣幕《けんまく》におどろいて目をパチパチさせたけど、いかにもお嬢《じょう》さまふうに口に手をあてると、コロコロ笑った。

「え～、だってえ、仏《ほとけ》の顔も三度までってことわざ、四郎ちゃんも知ってるでしょ？　仏《ほとけ》さまは三度まではいけないことをしても笑って許《ゆる》してくれるけど、それ以上のことをすると仏《ほとけ》さまといえども怒《おこ》るぞ！　って意味なんだよ？」

「はあ、それがなに⁇」

「だからあ、せっかくレラミがわざわざ来てあげてるのに、何度も居留守《いるす》なんてウソを使うから、ドアだってこうなっちゃうんじゃない。そーゆーの、自業自《じごうじ》得《とく》っていうんだからね！」

鼻息荒《あら》く、レラミはふんぞりかえった。レラミがあまりに自信満々なので、ぼくはなんだか、たしかに自分が悪いような気がしてきた。ウソをつくのは、やっぱりいけないことだったか。いや、でも、まてよ？　えーっと、ぼくがノックを無視《むし》したのって、たしか二度で、それでドアがふっ飛んで……。

「おいっ！　っていうか、三度まで許《ゆる》してもないだろー！」

いいかげんブチ切れて、ぼくはレラミに飛びかかろうとした。すると、

「レラミさま、ドアがないのはさすがに気《き》の毒《どく》です。どうでしょう、ここはひとつ、新しいドアをつけてさしあげては」

と、白髪《はくはつ》の老人がすっと出てきて、ぼくの前に立ちはだかった。

「うわっ」とぼくはのけぞった。

この人はたしか、いつもレラミにくっついてる、執事《しつじ》の白神《しらかみ》さんだ。

「うふふ、それもそうね白神《しらかみ》。せっかくだから、空砲《くうほう》なんかでふっ飛ぶようなペラペラのドアじゃなくて、ちょー頑丈《がんじょう》な超合金《ちょうごうきん》のドアをつけてあげるといいわ」

「承知《しょうち》しました。レラミさま。すぐ手配しましょう」

「ペラペラで悪かったな！」

ひどい言われようだ。でも、ちょっと待てよ。超合金《ちょうごうきん》だと？

それってもしかして、超合金《ちょうごうきん》ロボとかの、あれ？　だとしたら、なんかかっこいい気がするぞ……。

「まあ、ドアはあとで修理《しゅうり》するとして、それよりアイドルよ、アイドル！　レラミ、アイドルになろうと思うわけだけど、四郎ちゃんに協力してほしいのよ」

話がもとにもどって、ぼくはハア～ッとため息をついた。

なんなんだよアイドルって。ぼくになにをしろってんだ？

ぼくがたじろいでいると、レラミはすっと腕《うで》をのばした。そして、

「このあたりで音楽の才能《さいのう》がある子のことは、白神《しらかみ》が調べあげたのよ！」

と、部屋《へや》の奥《おく》のドラムセットを、ビシリと指さした。

「ま、まさか……」

ツーッと背中《せなか》に汗《あせ》が流れるのを感じた。

(もしかしてレラミのやつ、バックでドラムをたたけって言うんじゃ……)

ぼくは大きく目を見開いてレラミを見た。すると……、

「マ、マジで～？　えー、なんなん、アイドルって。なんできみら、ワシが才能《さいのう》めっちゃあること知ってるん？」

うしろから、野太《のぶと》いおっさんウシの声がした。

背中《せなか》にさらにツーツーと汗《あせ》が流れる。うわっ。いつのまにかレラミの背後《はいご》に、ウシと、パンクファッションの三段界《さんだんかい》さん、それに、着物姿《すがた》の知らない太った男が立っているじゃないか。

「ちょお待ってや、混乱《こんらん》するわー、え～、なにこれ？　スカウト？　ワシをスカウトしに来たん？　それにしては、えらい激《はげ》しいなあ。な？　な？」

ぶっ壊《こわ》れたドアを見ながら、ウシはほおをピンクにして言った。ぼくは思わず両手で顔をおおう。ああ！　レラミだけでもとんでもないのに、さらにおっさんウシが帰ってきてしまった！

「なによいきなり、あんたは関係ないわよ！　あたしは四郎ちゃんをレラミのバンドのドラマーとしてスカウトしに来たのよ」

レラミは突如《とつじょ》現《あらわ》れた巨大《きょだい》ウシにいっさいひるむことなく、ギロリとにらみつけると、バズーカをウシのほうへ向けた。

（うわっ、いいぞレラミ、そのままウシをバズーカでぶっ飛ばせ！）

ぼくは思わず期待して拳《こぶし》をにぎりしめたけれど、

「まずは事情《じじょう》をきかせてくれよ。なんでアパートのドアが消えてるんだ？」

と、三段界《さんだんかい》さんが割《わ》って入って、レラミを制止《せいし》した。

ぼくはあわてて、「そこにいる栃乙女《とちおとめ》レラミが、バズーカで破壊《はかい》したんだ！」

と説明した。そして、「あっ、でも、代わりに超合金《ちょうごうきん》ドアがつくらしい……よ」

とつけ加えたところで、ウシがまたずいっと話に入ってきた。

「いや、さっきワシが耳にした話によると、この女の子をアイドルにするために、音楽の才能《さいのう》のある子を、この白髪《はくはつ》のおじいはんが探《さが》しはったらしいやん」

ウシはバズーカの筒《つつ》を前足でペンペンたたくと、ブッハッハと笑った。

「いや、ワシもべつにかくしてたわけちゃうけどな。まさかワシの作詞《さくし》作曲の才《さい》能《のう》が、こんなにはよバレるとは思わなんだわ～」

「おいウシ、作詞《さくし》作曲の才能《さいのう》ってなんだよ。そんな話聞いたことないぞ！」

なんだか嫌《いや》な予感がして、ぼくは「ウソつくなー！」と、必死でウシのお腹《なか》をポカスカたたいた。すると、いちばんうしろにいた着物姿《すがた》のでっぷり太ったおっ

さんが、いきなり「ちょっとすまんね」と、前にぐいっと出てきた。

そしてなにやらおごそかな調子で胸《むね》をそらせると、

「うむ、これはたしかに運命を感じるわい！　あんた方はどうやら、強い縁《えにし》で結びついているようじゃぞ！」

と、大声で言ったのだった。

ぼくは、目をぐるぐると回した。

おいおいおい、運命ってなんだよ！

っていうか、このおっさんだれだよ！

風がすーすー通る玄関《げんかん》で、ぼくは声にならない声で叫《さけ》んだのだった。

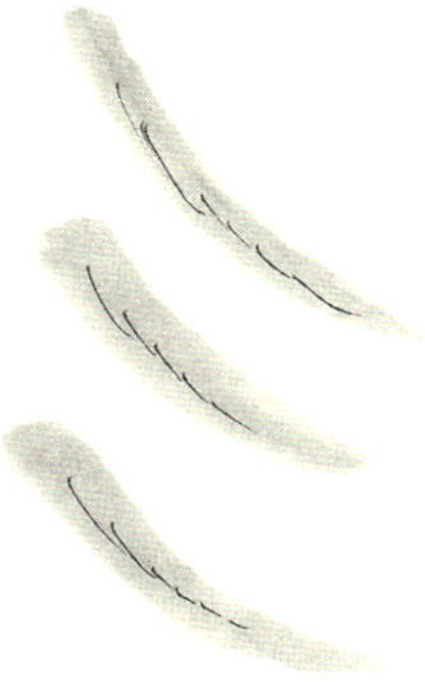

そのうち浮《う》きあがり隊《たい》

自分の全体重をのせ、顔をまっ赤《か》にして、ぼくはドアを押《お》した。

「ぎ、ぐ、ぐぐぎ、が……」

ようやくドアが開いた。外に出てぜいぜいと息を吐《は》くと、今度は閉《し》めるために、また全体重をかけてドアを押《お》す。

「ええい、ちっくしょう！　こんにゃろ！　こいつめ！」

ズン、と重い音をたてて閉《し》まったドアを、ぼくは力いっぱい蹴《け》とばした。

このやたらに重いドアは、超合金《ちょうごうきん》でできている。

うちのドアをバズーカで破壊《はかい》したレラミが取りつけさせたものだ。

「やりぃ、超合金《ちょうごうきん》なんてカッコイイじゃん」

と、最初は思った。

バズーカでドアを破壊《はかい》されたの、意外とラッキーだったかも？　なんてさ。

ところがこの超合金《ちょうごうきん》ドアときたら、くっそ重いんだ。

「あー、なんで家から出るだけでこんなに疲《つか》れるんだ。バカヤロー」

ぼくはおでこの汗《あせ》をぬぐった。

まあでも、超合金《ちょうごうきん》っていうくらいだし、ドアの中には金《きん》が入ってるんだろう。売れば高い値段《ねだん》がつくはずだから、いざってときにはドアを売ってやろうと思ってる。この無駄《むだ》な重さも、巨大《きょだい》な貯金箱《ちょきんばこ》だと思えばがまんできるってもんだ。

「うっしゃー、ワシも行くでえ～」

バーンッと、いきなり背後《はいご》でいきおいよくドアが開いた。

「どわっ」

ドアにはじき飛ばされ、ぼくは尻《しり》もちをついた。「いった～」と、顔をしかめて上を見ると、白黒の巨体《きょたい》が立っていた。

「なんやきみ、そんなとこで休んでたら通行のじゃまやで」

「休んでないよっ。おまえがふっ飛ばしたんだろ！」

「あ、そうなん？」

ウシはとぼけた顔でピンクの鼻をひくひくさせた。ちくしょう。ぼくが全体重をかけなきゃ開かないドアも、巨体《きょたい》のウシだと前足で軽く押《お》しただけで開いちゃうんだ。う～、ハラ立つ。

「つーか、『ワシも行く』ってなんだよ？　ウシ、アーティストには家で静かに創《そう》作《さく》する時間が必要だとか言ってたじゃん」

立ちあがりながら言うと、ウシはにやりと笑った。

「いやそれが、ワシってやっぱ天才でさ。アフタヌーン・テー飲んで、さあやろかとちゃぶ台に向かった瞬間《しゅんかん》、バチコーンとね、降《お》りてきたわけよ、ええ歌詞《かし》」

「ふう～ん、バチコーンと、ねえ……」

ぼくは目を細めて、うたがいの目でウシを見た。

「あ、きく？　今きく？　スペシャルチャーミィでパッションな爆発《ばくはつ》な歌やで。あんな、出だしはな……、デュッデュッ・ドワッ・フッファア～・フンッ！」

謎《なぞ》の音を発しだしたウシのお腹《なか》を、ぼくはバンバンたたいた。

「あ～、うっさいうっさい、今ききたくない！　出だしだけでもぜんぜんスペシャルじゃないだろ。やめろー」

ウシとさわいでいると、ブッブーと車のクラクションが鳴った。道路のほうを見ると、父ちゃんのタクシーが止まっている。

「おーい、オレも早番で切りあげたんだ。いっしょに行くよ」

父ちゃんは窓《まど》から顔をつきだし、手をふった。

「うっひゃあ、でかい家だなあ～」

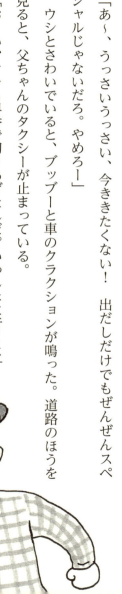

キキィッとタクシーを止めると、父ちゃんは車から降《お》りてレラミんちの屋敷《やしき》を見あげ、楽しそうに言った。

「あ、すんまへーん、来ました。え？どなたって、ワシですがなワシ。あ、ウシですウシ。え、まっ黒でなにも見えない？」

ウシがインターホンに向かってしゃべっている。すぐ横にあるカメラに鼻をべっちゃりとくっつけているせいで、むこうからはウシが見えないのだ。

やがて自動で門が開いた。門のむこうには花いっぱいの庭が広がり、その奥《おく》に、

うちのアパートの百倍《ひゃくばい》はでかい洋館が建っている。

「ようこそ、お嬢《じょう》さまがお待ちかねでございます」

玄関《げんかん》には白神《しらかみ》さんがいて、屋敷《やしき》の中へと案内してくれた。天井の高い廊下《ろうか》を歩いていくと、いちばん奥《おく》に目がチカチカするピンクの扉《とびら》があった。白神《しらかみ》さんが扉《とびら》を開けると、すぐにキンキン声が飛んできた。

「ちょっとお、四郎ちゃん！　初練習だっていうのに遅《おそ》いじゃない。レラミ、待つの嫌《きら》いなんだから！」

部屋《へや》の中央に、レラミはほっぺたをふくらませて立っていた。

そしてその横には、三段界《さんだんかい》さんと、あの、いまわしいおっさんがいた。


——運命を感じるわい！

バズーカでドアを壊《こわ》された日、あの着物姿《すがた》のおっさんがそう言ったことが、すべてを決めてしまったのだ。

「え！　ほんまですか？　ボンドせんせ、なんか見えました⁇」

ウシがそう言ったとき、ぼくの頭の中は嫌《いや》な予感でいっぱいになった。

（ボンドだって？　なんか……どっかで聞いたことがあるぞ……）

そう思っていると、ウシは鼻の穴《あな》をひくひくさせ、興奮《こうふん》したようすで、前足に持っていた花柄《はながら》の風呂敷《ふろしき》から一冊《いっさつ》の本を取りだした。

「この方はな、『悪霊《あくりょう》に打ち勝つパワーアップグルメ』の本を書きはった、桂川《かつらがわ》ボンドせんせや。ごっつい霊能力《れいのうりょく》の持ち主でな、人の過去《かこ》やご先祖様《せんぞさま》や、取りついてる霊《れい》まで、なんでも見えはるんや」

「ええっ、あの、ウシがファンだとか言ってた霊能力者《れいのうりょくしゃ》？」

「ぼくとボンドさんが知り合いでね、ウシくんに紹介《しょうかい》したんだ」

三段界《さんだんかい》さんがそう言うと、ウシはこくこくうなずいた。ぼくは目を丸くして、ウシと同じくらいでっぷりとしたボンドさんとやらを、まじまじ見た。

「ねえ、ちょっと」

「わっ、なにすんねん」

レラミが、バズーカでウシを押《お》しのけて話に割《わ》りこんできた。

「おじさん、さっき運命って言ったわよね。それって、あたしがアイドルになる運命だって話？　ね、そういう話なわけ？」

ボンドさんはちらっとレラミを見ると、「いや、それはまだわからんが……」

と言った。そして次に、なぜかじろりとぼくを見た。

「きみたちは、人は何度も生まれかわるという話を、聞いたことはあるかね？」

「はあ、生まれかわり、ですか？」

でたよ。いきなり怪《あや》しい話だ。ぼくはムムッと眉《まゆ》をひそめた。

「転生ってやつね、知ってるわ。たとえばレラミが、三〇〇年前はフランスの貴《き》族《ぞく》で、五〇〇〇年前はエジプトの王女さまだったとか、そういうやつよね」

けっ、貴族《きぞく》だ王女だって、まったく図々《ずうずう》しいやつ。

でも……レラミならありえなくないのか？

「ふむ、よく知っておるな。そして、人は生まれかわる前の人生、つまり前世においての強い結びつきのあった者とは、生まれかわったあとの人生でも結びつきをもつことが多いんじゃが……」

「まあ、ロマンチック！　運命的ね」

レラミが目をキラキラさせて言うので、ぼくは嫌《いや》な予感がした。

生まれかわり、運命、そういうネタの定番といえば……。

まさか、引きさかれた恋人《こいびと》たちが、生まれかわったら結婚《けっこん》しようと約束したとか、そんな話じゃないだろうな。

「うむ、で、あんた方の縁《えにし》とは」

「ひぃぃ！　聞きたくない！」

ぼくは思わず耳をふさいだ。まさかレラミとぼくが恋人《こいびと》だったとか言わないだろうな!?　勘弁《かんべん》して！　こんなやつ、ぼくは一ミリだって好きじゃないぞ！

「ちょっと！　うるさいわよ四郎ちゃん、だまってなさいよ」

「ほんまや、おもろい話が聞けそうやのに」

レラミとウシはジタバタするぼくを押《お》さえつけ、目をキラキラさせて「つづきを」とボンドさんに言った。

「うむ、見えるぞぉ、あんた方の縁《えにし》が見えてきたぞぉ」

ボンドさんは眉間《みけん》にしわを寄《よ》せて目を閉《と》じた。みんなはごくりとツバを飲む。

「ううむ、これは……、平家《へいけ》の因縁《いんねん》じゃ」

「へいけ？」

ボンドさんの言葉に、レラミはきょとんと首をかしげた。

「源平合戦《げんぺいがっせん》でやぶれた、あの平家《へいけ》ですか？」と三段界《さんだんかい》さんが言い、「はいはい、耳《みみ》なし芳一《ほういち》の平家《へいけ》ですな」と白神《しらかみ》さんがあいづちを打つ。

「あら、耳《みみ》なし芳一《ほういち》なら、レラミも知ってるわ」

レラミが自慢《じまん》げに胸《むね》をはる。ぼくだって、耳《みみ》なし芳一《ほういち》の話なら知っている。武《む》者《しゃ》の霊《れい》が、芳一《ほういち》というお坊《ぼう》さんの弾《ひ》く琵琶《びわ》の音《ね》をきくために毎夜現《あらわ》れるという、こわ～い怪談話《かいだんばなし》だ。最後に武者《むしゃ》は、芳一《ほういち》の耳をちぎって持っていってしまう。

「源平合戦《げんぺいがっせん》で負けた平家《へいけ》の武者《むしゃ》の霊《れい》が出てくるんだっけ」と三段界《さんだんかい》さん。

「平家《へいけ》は壇ノ浦《だんのうら》の戦《たたか》いで滅亡《めつぼう》しますね。最後、平家方《へいけがた》の幼《おさな》い帝《みかど》はおばあさんに抱《だ》かれて舟《ふね》から海に飛びこみ、亡《な》くなってしまうんですよねえ。悲しいお話です」

白神《しらかみ》さんがしみじみとうなずいた。

「その平家《へいけ》とレラミが、どう関係あるのよ？　あ、わかった！」

レラミはパチンと指を鳴らすと、「その平家《へいけ》ってとこに美人の姫君《ひめぎみ》がいたのね。で、平家《へいけ》の武者《むしゃ》とその敵《てき》とが、姫君《ひめぎみ》をとりあって決闘《けっとう》したんだわ。そうでしょ？」

と、自信たっぷりに言った。

けれどボンドさんは、指を突《つ》きだしてチッチッチと舌《した》を鳴らし、

「いやあ、姫《ひめ》じゃない。おまえさんはズバリ、ばあさんだ」

と言った。

「なんですって！　ばあさん!?　このあたしが!?」

ぶぶーっと、ぼくは吹《ふ》きだした。

「うひゃー、ばあさんだって。もしかしてヤマンバかなんかじゃないの？」と言うと、みるみるレラミの顔がゆがんだので、楽しくなった。

「うむ、さっき、そこのお方が、幼《おさな》い帝《みかど》を抱《だ》いて海に飛びこんだおばあさんの話をしなさったろう。そのおばあさんこそ、なにをかくそう、あんたじゃ」

「あらっ」

ボンドさんの説明に、レラミの顔が今度はパッと明るくなる。

「じゃ、高貴《こうき》な人ね。ま、おばあさんといったって、若《わか》いころは姫君《ひめぎみ》よね」

コロコロとレラミが笑うので、ぼくはチッと舌打《したう》ちをした。

「で、おまえさんのほうじゃがな」

ボンドさんは今度は、ぼくのほうを見た。

そうだ、ぼくとレラミは深い縁《えにし》があるんだっけ。レラミが高貴《こうき》なおばあさんってことは、じゃあ、ぼくは殿《との》さまか勇猛《ゆうもう》な武者《むしゃ》か、いや、ちょー賢《かしこ》いお坊《ぼう》さんだったりして。むむう、ちょっとドキドキしてきたぞ。

ぼくはゴクリとのどを鳴らし、ボンドさんの答えを待った。すると、

「ワラじゃ」

そう、ボンドさんは言った。

「は？」

意味がわからず、ぼくはぽかんとした。ワラって、だれ？

「ひも状《じょう》に結《ゆわ》ったワラじゃ。つまり、おばあさんが帝《みかど》を抱《だ》いて海に飛びこむときに、体に重しの石をつけたんじゃが、その石をおばあさんにくくりつけたワラのひも。それが、あんたというわけじゃ」

「きゃーはっは！」

「ぶひゃひゃひゃひゃひゃ」

ぼく以外のみんなが、いっせいに笑った。

「ひ、ひどいっ！」

ぼくは顔をまっ赤《か》にして言った。ワラって人間じゃないどころか、生き物ですらないんじゃん！　そんなものが生まれかわれるのかよ！

「しょぼいな～」と、ウシがとなりで腹《はら》をかかえて笑っている。ボンドさんはぼくの反応《はんのう》などおかまいなしで、「ワラのひもじゃから、そりゃ結ぶのは得意《とくい》じゃな。縁《えにし》を結ぶのもなあ」と、わっはっはと笑った。

「で、このおばあさんが、生まれかわったら絶対《ぜったい》また天下を取って無念をはらそうという念がすごかった。その思いに引かれて、あんた方は集まったんじゃ」

（んん？）とぼくは首をひねった。あんた方、だって？

「あのう、あんた方って、もしかして三段界《さんだんかい》さんたちも関係あるの？」

「うむ、よう気づいたな。三段界《さんだんかい》くんは、帝《みかど》が乗る舟《ふね》をこいでいた武者《むしゃ》だったようじゃ。そちらのひげの方は、前世でもそのお嬢《じょう》さんのそばに仕えておった」

「ほう」と、三段界《さんだんかい》さんと白神《しらかみ》さんは顔を見あわせた。

「ということはもしかして、その、レラミちゃんだっけ？　と、四郎くんのバンドに、ぼくも参加するってことっすか？」

「私《わたくし》は、元よりマネージャーをやらせていただくつもりでございます」

ふたりが口々に言うのを聞いて、ぼくは、むむう、とうなった。

もしかしたら、ボンドさんの話も、あながちウソじゃないのかもしれない。

だって、たしかにボーカルとドラムだけじゃ、バンドにはならない。その点、三段界《さんだんかい》さんは売れなかったとはいえプロのベーシストだったんだから、頼《たよ》りになる。それに、白神《しらかみ》さんはマネージャーにはうってつけの人だ。

ぼくはなんだか、ちょびっとだけドキドキしてきた。

「チームでなにかを果たそうとするとき、そのチームのメンバーが不思議な縁《えにし》に呼《よ》ばれて集まってくることは、よくあることじゃ」

そう言うと、ボンドさんは急にカッと大きく目を見開き、「おお、今見えたぞ！　どうやらメンバーはもうひとりいるぞ！」と、さらに大声を出した。

「その人物は、三段界《さんだんかい》くんと同じく舟《ふね》をこいでいた武者《むしゃ》で……。おや、今もなにか、乗り物によく乗っているようじゃが……」

ハッとして、ぼくは叫《さけ》んだ。

「それ、うちの父ちゃんじゃないかな？　タクシードライバーなんだ！」

いつのまにか、ぼくは手に汗《あせ》をにぎって興奮《こうふん》していた。

もうひとりのメンバーだって？　たしかにバンドを組むなら、もうひとり、ギタリストも必要だ。そして父ちゃんは昔、ギターをやっていたんだ。だからこそ、ぼくの「バンドで日本一になる」という夢《ゆめ》も応援《おうえん》してくれてるんだ。

「あら、他のパートも白神《しらかみ》に探《さが》させなきゃと思ってたけど、なんだかうまい具合にメンバーが集まりそうね」

「ふむ、これはどうも、ご縁《えん》があるようでございますね、お嬢《じょう》さま」

「ぼくも弾《ひ》けといわれれば弾《ひ》くよ。大家《おおや》稼業《かぎょう》なんてヒマなもんでさ、退屈《たいくつ》してたしね。バンド、やってもいいんじゃない？」

ぼくはレラミや白神《しらかみ》さん、そして三段界《さんだんかい》さんを見た。これに父ちゃんが加われ

ば、たしかにバンドをスタートできる。レラミがボーカルってのはむかつくけど、顔はかわいいんだし、性格《せいかく》のひどささえバレなきゃ人気が出るかもしれない。

「バンドかあ。ぼく……、やってもいいかもしれない」

そう言うと、レラミがうふふと笑って、「さすが四郎ちゃん、ワラのひもだけに、みごとに他のメンバーとレラミを結びつけたわね」と言った。

「ワラのひもって言うな！」

うー、バンドを組むのはいいけど、ワラのひもってのは勘弁《かんべん》してほしい。っていうか、みんなは人間なのに、ぼくだけワラのひもってどういうこっちゃ。

そこまで考えて、ぼくは、あれ？　と首をかしげた。

「あの～、ボンドさん、じゃあさ、こいつの前世はなんなの？　作詞《さくし》作曲をやるとかほざいてたけど、ぼくらとどういう関係なの？」

ぼくはとなりにぬっと立つウシを指さした。ワラが人間になるくらいだから、ウシもかつてはなにかだったのか？

「うむ、ウシくんはな……」

そうボンドさんが言いかけたところで、

「そのうち浮《う》きあがり隊《たい》やな!!」

いきなり、ウシがでかい声で叫《さけ》んだ。

「はあ、なんだよそれ?」

「いや、今、ピーンと降《お》りてきたっていうの? バンドのネーミングやがな」

「それ、どういう意味?」と、レラミがきく。

「つまり、戦《いくさ》に負けて海に沈《しず》んだ怨念《おんねん》をはらすためにバンドをするんやろ? いつか海の底から浮《う》きあがって、世に出てスターになりたいというこっちゃ。だから、〈そのうち浮《う》きあがり隊《たい》〉や。バッチリやわ~、もうこれ以外ありえへんで」

「ちょっと待てよ、そんなダサい名前ありえな……」

と、ぼくが言いかけたところで、

「いいじゃない!」

「なるほどでございます」

「ダサカッコイイね！」

なぜか、つぎつぎと賛成《さんせい》の声が上がったのだった――。


そんなわけで、今日《きょう》はバンド、〈そのうち浮《う》きあがり隊《たい》〉の初練習日なのだ。

レラミの家の練習スタジオには、ボンドさんも来ている。「プロデューサーは、ボンドさんで決まりやな」とウシが言ったためだ。

父ちゃんも、昔弾《ひ》いていたギターをかかえて、ちょっとうれしそうだ。最初は照れていたけど、最後には「よし、やってみるか」と言ってくれた。ぼくとしては、めちゃくちゃなバンドで不安だらけだけど、父ちゃんといっしょに日本一を目指せるというのは、唯一《ゆいいつ》のうれしいことだった。

「え～、ほんならまず最初に、ワシが作ってきた、〈そのうち浮《う》きあがり隊《たい》〉のデビュー曲を発表しますわ」

メンバーで円になると、ウシがまず前に出て言った。

「めっちゃええ楽曲ができてな。スーパーチャーミーでパッション爆発《ばくはつ》、メロディアスな曲に、泣けることまちがいなしの切ない歌詞《かし》ですねん」

「おいおい、どういうタイプの曲かぜんぜんわかんないんだけど。ロック？　それともバラード？」

ぼくが言うと、レラミが「まあ、とにかく一回きいてみましょ」と言った。

ウシは「じゃ、歌いま～す」と言い、すーっと息を吸《す》いこむと、大きな声でメロディを口ずさみだした。

「デュッデュッ・ドワッ・フッファア～・フンッ！」

あ、これ、さっき歌いかけた変な曲だな、と思いながら、とりあえず耳をかたむける。歌がはじまった。それは、こんな歌だった。

♪　モ～モ～モモ～　モモモモ～　モオォォオ
モ～モ～モモモ～　モ～モ～モモモ　モオ！　モオォ！

「っていうか、おい！　ウシ語かよ！」

ぼくはずっこけながら叫《さけ》んだ。ウシ、おまえ今までさんざん関西弁《かんさいべん》しゃべってたじゃん。人間語をしゃべる、きもいおっさんウシじゃん。なんでここに来ていきなりウシ語になるんだ！

「モ～モ～モモモ～って、なに言ってんだかぜんぜんわかんないだろ！　どのへんが切ないんだよ！」

そんなぼくの叫《さけ》びを無視《むし》して、ウシはすこぶる気持ちよさそうに、モモモ～と歌いつづけたのだった。

ピカピカ父《とう》ちゃん

バッシャーン！　と、ぼくはスティックでそばにあったシンバルを思いきりたたき、みんなの注目を引きつけた。

「とりあえずっ、ウシ語を人間語にしようぜ、人間語にっ！」

ウシが作った曲の歌詞《かし》は、結局全編《ぜんぺん》「モモモモ～」のウシ語だったのだ。

「やだ、ウケるぅ！　新しいじゃん。ウシ、あんたわりとセンスあるわ」

「ぜんぶモモモ～だと、意味不明なぶん、むしろ世界中で通じるかも！」

「お嬢《じょう》さまがおほめになるのですから、まちがいありません」

レラミと三段界《さんだんかい》さんと白神《しらかみ》さんには、なぜかウシの曲はウケていた。父ちゃんだけは、口を開けてポッカーンとしていたけど。

「か、歌詞《かし》ってのはさあ、ぐっと胸《むね》にせまることが大事なんだよ。そのためにはまず意味がわからなくっちゃ、意味ないだろ！」

このおかしなバンドメンバーに、マトモなことなんか言って伝わるのか疑問《ぎもん》だったけど、ぼくは必死にスティックをぶんぶんふってうったえた。すると、

「はいっっ！」

突然《とつぜん》大きな声を出して、父ちゃんが手をあげた。

父ちゃんを見たぼくは、びっくりした。顔が、まるでおでんのタマゴみたいにピカピカに光っていたからだ。

（なんだ？　こんな父ちゃん、初めて見るぞ……）

おどろきながらも、ぼくは「はい、父ちゃん、意見をどうぞ」と言った。

「じゃあさ、みんなで歌詞《かし》を作ったらどうかな。ウシくんの歌をもとにして、ア

レンジを加えるんだ」

父ちゃんのピカピカの笑顔《えがお》を見て、ぼくは理解《りかい》した。

そうか、父ちゃんは張《は》りきってるんだ！

ぼくはうれしくて、胸《むね》が熱くなった。気の弱い父ちゃんがこんなにハキハキと意見を言うなんて。父ちゃん、バンドやれて、本当にうれしいんだなあ。

「たしかにワシの天才的な歌詞《かし》は、新しすぎて世間では理解《りかい》されにくいかもしれん。前世がワラで凡人《ぼんじん》の四郎くんが、この歌のよさをわかってへんようになあ」

ウシはそう言ってぼくを見た。凡人《ぼんじん》だと!?　おまえなんて変人、いや、変ウシのくせに。っていうか、ワラって言うな！

と、もんくを言いたくなったけど、ぐっとがまんした。とにかく今は、ウシソングでのデビューを阻止《そし》することが大事だ。

「そうだよ。大多数の凡人《ぼんじん》は、ウシの天才ソングを、絶対《ぜったい》ぜんぜん、ひとつも理《り》解《かい》できないよ。だから最初はなんていうか、レベルを下げてさ、親しみやすいと

ころから攻《せ》めるのがいいと思うねえ」

「ウシの天才ソング」なんて、思ってもないことを言っちゃって、おしりがムズムズした。けど、ウシはいい具合にのせられて、「たしかにこのBメロのモモモォのあたりなんか、未来的すぎたかなあ」なんて言ってる。いやだから、「モモモォ」じゃ、未来的だかなんだかわかんないんだっつーの。

「よし決まった！　さっそくみんなで歌詞《かし》を作ろう！」

ぼくとウシのやりとりを見て、父ちゃんがパチンと指を鳴らした。


そんなわけで、みんなで歌詞《かし》を考えることにしたんだけど、テーブルに座《すわ》ってあーだこーだと言いあっていて、ぼくは意外なことに気がついた。

それは、レラミと父ちゃんが、案外気が合うらしいってことだ。この作業にいちばんやる気を見せていたのがレラミと父ちゃんで、ふたりはノリノリだった。

「日本一を目指すわけだしぃ、富士山《ふじさん》は外せないと、レラミは思うわけ」

「おっ、レラミちゃんさすがだねえ、おじさんも、日本一といえば富士山《ふじさん》だなと思ってたとこなんだ」

「それにぃ、レラミが歌うんだしぃ、ピンクのバラがふわふわ飛んでるステキイメージとか、絶対《ぜったい》入れなきゃだよね」

「バラか〜、情熱的《じょうねつてき》でロマンチックだね。レラミちゃん、ハイセンスだなあ」

「だっしぃ、レラミの大好きな、肉マンのことも書かなきゃ」

「肉マンおいしいよねえ。おじさんも好きだなあ」

富士山《ふじさん》とバラと肉マン……だと？

冷《ひ》や汗《あせ》がたらたら流れてきたけど、父ちゃんがレラミをほめまくるので、どんどん話が進んでいく。

そんなふたりを見ていたぼくは、ふいに、そういえば父ちゃんって、母ちゃんのこともいつもほめまくってたなあと思いだした。ウシだって、父ちゃんの給料を無駄遣《むだづか》いしまくるのに、父ちゃんはほめてたっけ。

父ちゃんは相手がワガママなことを言っても、めったに嫌《いや》な顔をしない。母ちゃんに対してもそうだった。それなのに母ちゃんは、なんでこんなにいいやつな父ちゃんを、嫌《きら》いになっちゃったのかなあ。

　そんなことをぼんやり考えていると、ウシが、

「ワシはな、この、モ～モ～モモモ～のところが最高に盛《も》りあがると思ってるねん。ここは外したらあかんよ、ここは～」

　と言いながら、ぼくのあごの下からチチ袋《ぶくろ》をぐいっと引きぬいたので、ぼくはごちっとテーブルにあごをぶつけた。

「あてっ、なんだよ、もっと丁寧《ていねい》にしろよ」

ウシが家から持ってきたチチ袋《ぶくろ》を、ぼくはかかえてクッションにしていたのだ。

白神《しらかみ》さんが持ってきてくれた紅茶のカップに、ウシはチチ袋《ぶくろ》をかたむけた。

「ミルク・テーにするか？」とウシに言われ、ぼくは思わずふつうに「あ、うん」とうなずいた。やばい。ぼくはもう、チチ袋《ぶくろ》ミルク・テーにすっかりなれちゃってるじゃないか。

「よーし、できた！」

しばらくすると、レラミと父ちゃん、それに三段界《さんだんかい》さんが大きな声を出した。

あ、しまった。ぼんやり母ちゃんのことを考えている間に、歌詞《かし》が決まっちゃったよ。たしか、肉マンがどうのとか言ってたけど、だいじょうぶなのか？

「じゃあ、さっそくレラミが歌いまーす」

レラミは部屋《へや》の前のほうにあるステージの上に立った。

そしてマイクをにぎりしめると、こんな歌をうたった。

♪
モ～モ～モモ～　モモモモ～　モオォォオ
あたしたち～　海からジャブジャブはいだして～
ズンズンズズン！　歩いてくぅ！
目指すはバッチリたったひとつ
富《ふ》・士《じ》・山《さん》！　ドッキン☆
モ～モ～モモモ～　モ～モ～モモモ　モオ！　モオォ！
モモモオ！　モオ！
あたしたち～　バラを散らして踊《おど》りくるう～
ふわふわぽわわん　泣かないわっ！
きーみにあげたいたったひとつ
に・く・マン　あらよっ☆
モ～モ～モモ～　モモモモ～　モオォォオ

「ふざけんな!!」

ダンッ！　とぼくはゲンコツで思いっきりテーブルをたたいた。けれど、

「チョーかわいいアイドルソングだわ！」

「いいね、盆踊《ぼんおど》りとテクノポップを合わせたような未来感！」

「お嬢《じょう》さま、頂点《ちょうてん》を目指す意気ごみと乙女《おとめ》の可憐《かれん》さ、恋心《こいごころ》やB級グルメ感が絶妙《ぜつみょう》なブレンドで表現《ひょうげん》されておりますね」

「やっぱ、モオ！　モオォ！　のとこ、めっちゃ切ないわ〜」

みんなの絶賛《ぜっさん》の声に、ぼくの声はかき消されてしまった。

「こ、こんなのロックじゃないよ。もう一度初めから考えなおそうよ！」

あわててそう言ったけど、レラミはすかさず、

「あら、レラミたち、何度も四郎ちゃんに、これでいい？　ってきいたわよ。そのたびに四郎ちゃん、それに顔をうずめて、うんうんうなずいてたじゃない」

と、チチ袋《ぶくろ》を指さした。

「げっ」

ぼくはのけぞった。さっき考えごとをしてたとき、ぼくは無意識《むいしき》にこいつに顔をうずめて、ぽいんぽいん弾《はず》ませてたのか……。

「ええいクソッ」とチチ袋《ぶくろ》にパンチして、ぼくはすがるような目で父ちゃんを見た。けれど父ちゃんは、「みんなで演奏《えんそう》したら、にぎやかで楽しい曲になりそうだなあ」なんて言って、へにゃっと笑った。

ああ、なんてことだ！

頭をかかえたぼくは、ハッと気がついてボンドさんを見た。ボンドさんは山盛《やまも》りに積まれたシュークリームをむさぼり食っているところだった。

「ちょっとプロデューサー！　なんとか言ってよ。こんな曲売れるわけないよね。きみにあげたいたったひとつが肉マンだ？　そんなのコンビニで買えよって話だよ。海からジャブジャブはいだしてって、なにそれ、妖怪《ようかい》ソングなの？」

ぼくの叫《さけ》びを聞いたボンドさんは、しばらく目を閉《と》じて、じっとだまっていた。

そしてやおら、カッと目を見開いたかと思うと、

「うーむ、いいぞ！　この歌には平家《へいけ》の亡霊《ぼうれい》たちの怨念《おんねん》にも似《に》た、どろどろの情《じょう》熱《ねつ》エネルギーがこもっておる。それをモォモォがみごとにコーティングして、まるでこの、極上《ごくじょう》生クリームを包みこんだシュー菓子《がし》みたいじゃ。まちがいない。この歌は、売れるぞぉぉぉい!!」

とおたけびをあげ、持っていたシュークリームを上に突《つ》きあげた。

「じゃ、〈そのうち浮《う》きあがり隊《たい》〉のデビュー曲は、『海から富士山《ふじさん》・モォ・ドッキン☆』で決まりね」

レラミは歌詞《かし》を書いた紙をぴらぴらふりながら、高らかに宣言《せんげん》した。

六対一の賛成《さんせい》多数で、ぼくの意見に耳をかす者はいなかったのだ。

「で、デビューするにはオーディションを受けなきゃね。だからあ……」

レラミはメンバーの顔を見まわした。あー、はいはい、オーディションに向けて、これから曲の練習をするわけね。やれやれ、気が重いよ。

「だからさっそく、テレビ局かどこか、買収《ばいしゅう》するわよ！」

「はあ？」

レラミの言葉に、ぼくの力なくたれていた頭が、にょきっと起きあがった。

「ば、買収《ばいしゅう》ってなんだよ。なんとなく聞いたことはあるけど……」

たしか買収《ばいしゅう》って、おとながやる、けっこう悪いことじゃなかったっけ？

そう思っていると、三段界《さんだんかい》さんが説明してくれた。

「つまり、テレビ局のえらい人なんかにお金を払《はら》って、オーディションに受かるよう取り計らってもらったり、バンドをテレビに出演《しゅつえん》させてもらえるようにすることだね。あとは歌の人気ランキングを発表している会社にお金を払《はら》って、ランキングを操作《そうさ》する、なんてこともあるかな」

「それって、詐欺《さぎ》？　デキレースってやつ？」

「そうだよ。ぼくがバンドをやってたころも、あのバンドは金を積んで売れるようにしてもらってるんだ、なんてかげ口を言われてるやつらもいたなあ」

「そんなひきょうなやり方で、ほんとに売れるの？」

ぼくが言うと、三段界《さんだんかい》さんは、「それが売れちゃうんだよ～」と肩《かた》をすくめた。

「人ってさ、しょっちゅうテレビやラジオに流れてる曲って、耳になじんで好きになっちゃうらしい。それに人気ランキングが高いと、いっそう飛びつきたくなっちゃうわけ。ケーキ屋やラーメン屋でも、行列ができてると、ためしてみようって思う人が出てきて、ますます行列ができるだろ？　それと同じさ」

「うむ……」と、ぼくはうなってしまった。おとなって、なんてひきょうなことを考えるんだろう。汚《きたな》すぎるよ。

「じゃ、レッツ・買収《ばいしゅう》〜！　栃乙女家《とちおとめけ》の財力《ざいりょく》をもってすればカンタンよね〜」

って、そうだった。ノリノリで買収買収《ばいしゅうばいしゅう》と言ってるこいつは、おとなじゃないんだったよ。子どもでも、ひきょうなやつはひきょうなのだ。

「おいっ、レラミ、バンドってのはな、実力で世間を認《みと》めさせてこそカッコイイんだろっ。買収《ばいしゅう》なんてひきょうな手を使うの、ぼくは反対だね！　そんなことで日本一になっても意味ないよ」

　ここはガツンと言わなきゃね。お金でにせものの人気をゲットしたって、ぼくはちっともうれしくないんだから。

「あら四郎ちゃん、やあねえ、誤解《ごかい》よお」

　ぼくの言葉に、レラミはくすくす笑った。

「四郎ちゃん、レラミは日本一なんてチンケな

ものじゃ、満足《まんぞく》できないの。ねらうは全米チャートのナンバーワンよ！　だから
さっそく全米チャートを買収《ばいしゅう》して、全米を感動の嵐《あらし》に巻《ま》きこむのよ！」
「ぜ、全米チャートだってぇ!?」
「なんやのん？　せんべいチャートって？」
「せんべいじゃなくて全米。アメリカだよ。でかい国のトップってことさ」
三段界《さんだんかい》さんがウシに説明していると、白神《しらかみ》さんが申しわけなさそうにレラミに
言った。
「あのう、お嬢《じょう》さま、申しあげにくいのですが、さすがに栃乙女財閥《とちおとめざいばつ》の財力《ざいりょく》を
もってしても、それは無理でございます。莫大《ばくだい》な資金《しきん》がかかります」
って、申しあげにくいのそこじゃないだろ！
だれかこのお嬢《じょう》さまのひきょう者根性《こんじょう》を注意してやれるおとなはいないのかよ、
なんて思っていると、「はいっ！」と、ピカピカ顔の父ちゃんが、また大きな声
を出した。

「はいはーい、父ちゃん、意見をどうぞー！」

ぼくはパチパチ拍手《はくしゅ》をした。父ちゃん、今日《きょう》はなんか気合いがちがうぞ。

こほんと咳《せき》ばらいをすると、父ちゃんはこう言った。

「レラミちゃん、買収《ばいしゅう》もいいけど、まずは曲を練習して、それからすぐ街に出て、一度演奏《えんそう》してみるってのはどうかな。レラミちゃんが歌えば、たちまち人が集まってきて、きっとすごく盛《も》りあがると思うんだ」

「ストリートライブをやるってこと？」

三段界《さんだんかい》さんが言うと、父ちゃんは「ああ」とうなずいた。

「いきなり生演奏《なまえんそう》でお客をドカンと盛《も》りあげられたら、最高に気持ちいいと思うんだ。ぼくはこの『海から富士山《ふじさん》・モォ・ドッキン☆』の曲と、レラミちゃんの歌声をもってすれば、絶対《ぜったい》に成功すると思う」

「おおお！　父ちゃん、ストリートライブとは、いいアイデアなんじゃない？」

ぼくは興奮《こうふん》して、ぐいっと体を前にのりだした。

「そうねえ、たしかにストリートでいきなり注目を集めちゃうって登場のしかたも、派手《はで》でいいかもしれないわね」

やった！　レラミがうまい具合に父ちゃんのおだてにのせられているぞ。目立ちたがり屋のレラミは、すぐにでも観客の拍手《はくしゅ》をあびたいはずだ。

「じゃあ、さっそく次の日曜日にストリートにくりだすわよ！」

レラミの言葉に、今度は全員一致《いっち》で、「オオー！」と声をあげた。

バンドのデビュー曲や方針《ほうしん》を決めたあと、ぼくと父ちゃんとウシは夜釣《よづ》りに向かった。例によって、食材をしとめに行くためだ。

車の中で、ウシはいつものように後部座席《ざせき》でノリノリで体をゆすっていた。いや、いつにも増《ま》して、今日《きょう》は動きが激《はげ》しい。まったく、ドタズタとうるさいったらない。でも、今日《きょう》は怒《おこ》らない。だって今日《きょう》のぼくは、機嫌《きげん》がいいんだ。

「父ちゃん、今日《きょう》はかっこよかったよ。それにストリートライブをしようって言ってくれて助かった。じゃなきゃレラミのやつ、マジでテレビ局を買収《ばいしゅう》してたね」

ユサッ　ドスドス　ガンッ
しゃべっている間も、後部座席《ざせき》でウシは激《はげ》しく動いている。

「うん、まあ、いきなりテレビってのも悪くはないけどさ、父ちゃん、まずはこの街で有名になりたかったんだ」

「へえ、なんで？」

「だってさ、テレビで有名になっても、テレビを持ってない人は見られないだろ？　ストリートバンドなら、偶然《ぐうぜん》通りかかった人も見られる。そしたら……」

「あ、もしかして！」

心臓《しんぞう》がドキリと鳴った。

そうか、父ちゃんがあれだけ張《は》りきっていた理由って、もしかしたら……。

「母ちゃんが、見つけてくれるかもしれないから？」

ぼくの質問《しつもん》に、父ちゃんは恥《は》ずかしそうにうなずいた。

ああ、やっぱり……。

うちは貧乏《びんぼう》で、アパートにはテレビがない。母ちゃんだって、今、テレビを持っているかどうかわからない。だから父ちゃんは、母ちゃんが偶然《ぐうぜん》ぼくらを見かける可能性《かのうせい》にかけて、ストリートに出ようと考えたのだ。

「と、父ちゃんってば……」

ぼくはなんだか胸《むね》がいっぱいになって、泣きそうになってしまった。

けれど、そのとき、
ズダダダダダ！　ダダン！　ドンドンダン！

すごい音がして、車が上下にぼんぼんゆれた。

「うっわ、なんだよウシ、やめろよー！」

ぼくが叫《さけ》ぶと、ウシはカカカカと笑った。

「ああ、悪い悪い。ちょっとレッスンしてたんや」

「な、なんのレッスンだよ？」

「いや、ワシって作詞《さくし》作曲だけやのうて、あらゆる面で天才やからね」

「よくわかんないけど、とにかくやめろー！　あ、うっぷ、気持ち悪い……」

ウシはゲタゲタ笑うだけで、ぜんぜん激《はげ》しい運動をやめない。

「よし、バンド練習のためにも力をつけなきゃな！　今日《きょう》はいっぱい釣《つ》るぞ～！」

父ちゃんは張《は》りきった声で言うと、いきなりアクセルをギュイーンと踏《ふ》みこんだ。車はますますゆれ、ぼくは涙目《なみだめ》になって口をおさえた。

「うわ～、吐《は》くぅ！　吐《は》いちゃうってばあぁぁ!!」

夜の海岸線には、ぼくの絶叫《ぜっきょう》がひびきわたったのだった。

ウシ・フィーバー！

「ぎ、ぐ、ぐぐぎ、が」

日曜日の朝早く、ぼくはいつものように玄関《げんかん》の超合金《ちょうごうきん》ドアを開けようと、全体重をのせてふんばっていた。

「ぐお、あがが、うが」

ちっくしょう、なかなか動かない。っていうかこのドア、心なしか前よりさらに重くなってるような気がするぞ。どういうこっちゃ。

「なにやっとんの？　きみ、どんくさいなあ」

うしろから声がしたと思ったら、急にドアが軽くなってぐいっと前に押《お》された。ぼくはバランスを崩《くず》して「うわわっ」と前に転がった。

「あててっ、くそう、急に手伝《てつだ》うなよ！　さっきさんざんドア開けてくれって頼《たの》んだのに、ちっともやってくれないでさ！」

ぼくはウシに向かってほえた。

今日《きょう》、ぼくらはいよいよ、バンド〈そのうち浮《う》きあがり隊《たい》〉として、初のストリートライブをやるために街にくりだす。

ウシはこのくそ重いドアも軽々と開けられる。ぼくはドラムセットを父ちゃんのタクシーにのせなきゃいけなかったから、ウシにドアを開けてくれって頼《たの》んだのに、ウシってやつは、ぼくの頼《たの》みごとなんて聞いてくれたためしがない。

「あーあ、このドア、どうにか破壊《はかい》できないかなあ」

ぼくはうらめしい気持ちでドアをにらんだ。だけど、ドアを破壊《はかい》しようものなら、とんでもないことになるのはよくわかっていた。

あれは、数日前のことだ。

ドアの鍵《かぎ》を学校に忘《わす》れてきちゃったことがあって、学校にもどるのがめんどうだったぼくは、この際《さい》どうにかドアを破壊《はかい》できないものかと考え、鍵穴《かぎあな》にクギをつっこんだり、石をぶつけたりしてたんだ。すると、
ビービービービー！

けたたましいサイレンがドアから聞こえてきて、
ゴオオオオオ！

どこからか轟音《ごうおん》がひびいてきた。

ハッとして上を見ると、空には数機のジェット機が飛びかっていた。

「エマージェンシー！　エマージェンシー！　破壊者《はかいしゃ》発見！」

アパートの空に、ロボットっぽい声がひびきわたった。

「ぎゃあああ！」

ジェット機についてるミサイルがぼくのほうに向けられて、ぼくは腰《こし》をぬかし

てへたりこんだ。なんだなんだ？　いったいなにが起きてるっていうんだ⁇

「おや、その声は四郎さまですか？」

ドアのほうから、聞きおぼえのある声がした。ドアのわきにとりつけられたカメラモニターに、白神《しらかみ》さんが映《うつ》っていた。

「ほっほっほ、四郎さまでございましたか。いや、このドアには最新鋭《さいしんえい》のセキュリティーシステムが搭載《とうさい》されておりましてね。ドアになんらかの異変《いへん》が起きたときには、セキュリティー部隊《ぶたい》がただちに出動することになっているんです」

「あ、あのジェット機、早くどっかやって！　やめて、ころさないでえぇぇ！」

ぼくがぶるぶるふるえているのを見ても、白神《しらかみ》さんは優雅《ゆうが》に笑っている。

「ほっほっほ、いや、すごいシステムを開発はしたものの、効果《こうか》がいまいちわからなかったのですが、四郎さまがドアを破壊《はかい》しようとしてくださったおかげで、ちょうどよい実験になりました」

「そんなすごいシステム、いるかー!!」

ぼくんちに、ミサイルで守ってもらうようなものなんかないわい！

「いやいや、もっとすごいシステムも、いろいろ搭載《とうさい》されてございますよ。そのドアにはね。ほっほっほ」

ぼくの必死さとはうらはらに、白神《しらかみ》さんはにここにこと笑っていた。

――と、そんなことがあったので、この超合金《ちょうごうきん》ドアをどんなに破壊《はかい》したいと思っても、へたに手出しをすることはできないのだ。

「よーし、そろそろ出発するか～」

明るい声がして、見ると、父ちゃんがギターをかついで出てきた。

「今日《きょう》は霊能《れいのう》アップアップルブラウニーを食べたからな。最高のパフォーマンスができるでえ。芸術《げいじゅつ》は神がかりのパワーがないとあかんねや」

「ウシくんいいこと言うなあ。霊能《れいのう》アップアップルブラウニー、おいしかったよ」

「おいおい父ちゃん、ウシの怪《あや》しい霊能《れいのう》料理なんかほめないでよ！」

「いやあ、ライブに神がかりのパワーは大事だよ。さ、行くか」

そう言うと父ちゃんは、体重をのせて超合金《ちょうごうきん》ドアを閉《し》めた。そのとき、「ん？このドア、なんかちょっと変じゃないか？」と首をかしげた。

「いや父ちゃん、そのドアは前から、ちょっとじゃなくてすげえ変だよ」

「いや、今日《きょう》はなーんか、特に気になってさ。なにが変なんだろう」

そう言うと、父ちゃんはドアのあちこちをいじろうとした。

「と、父ちゃん！　やめたほうがいいよ。そのドア、へたにさわるとミサイル攻《こう》撃《げき》されるんだ。怪獣《かいじゅう》が出現《しゅつげん》するかもしんないし！」

ぼくはあわてて父ちゃんを止めた。父ちゃんは「ふーん、ま、いっか」と、ひとまずはドアから手をはなした。

そうこうするうちに三段界《さんだんかい》さんも部屋《へや》から出てきたので、ぼくたちは父ちゃんのタクシーに乗りこんで、駅前の広場に向けて出発したのだった。

広場につくと、レラミと白神《しらかみ》さんとボンドさんはすでに来ていた。

バンドのメインであるボーカルの顔を見ると、急に緊張《きんちょう》してドキドキしてきた。たとえにっくきレラミであっても、われらが歌姫《うたひめ》であることはたしかだ。レラミの今日《きょう》のワンピースは、いちご柄《がら》がキラキラ光る素材《そざい》だ。顔はまあかわいいし、くやしいけど、お嬢《じょう》さまだけに華《はな》はあるんだよなあ、こいつ。

「四郎ちゃん、おっそーい。お衣装《いしょう》の準備《じゅんび》があるって言ったでしょ！」

レラミは開口一番、ふくれっ面《つら》をして言った。

「はあ、お衣装《いしょう》ってなんだよ？　このままでいいじゃん」

ぼくはぶつくさ言いながらも、ドラムセットの設置《せっち》にとりかかった。すると白《しら》神《かみ》さんがパチンと指を鳴らし、どこからともなく黒服の男たちがすすすっと現《あらわ》れた。そしてそのうちのひとりに、大きな肉マンをわたされた。

「なんじゃこら？」

「富士山《ふじさん》とバラと肉マンよ。歌詞《かし》に合わせて作らせたの。かわいいでしょ」

肉マンはぼくの頭の三倍くらいの大きさだ。どうやら頭にかぶるものらしい。

「げー、やだよ、こんなダッサいかぶりものすんの。ただでさえ『海から富士山《ふじさん》・モォ・ドッキン☆』なんていうダサすぎる曲でデビューしなきゃいけないのに、これ以上ダサいことなんかできないね」

ぼくはぶんぶん首をふった。

するとレラミは、

「バッキャロー!!」

いきなり叫《さけ》んで、ぼくのほっぺたをぶったたいてきた。

「うぎゃー、いってえ！　なにすんだよ!!」

ひっくり返ったぼくは、さすがにブチ切れてレラミにつかみかかろうとした。するとと三段界《さんだんかい》さんに、「女の子に暴力《ぼうりょく》はいけないよ！」と、すかさず取りおさえられた。おいこらっ、男の子をいきなりぶったたくのはいいのかよ！

「四郎ちゃん、そんな甘《あま》っちょろいことじゃ、日本一にはなれないわよ！」

そう言うと、レラミはぷいっと横を向いた。

「四郎ちゃん、あたしはね、バンドで日本一になって貧乏《びんぼう》を抜《ぬ》けだそうという、四郎ちゃんの夢《ゆめ》を応援《おうえん》したいの。そのために、すぐに武道館《ぶどうかん》でライブを開《ひら》けちゃうような実力も権力《けんりょく》も財力《ざいりょく》も持つ、この栃乙女財閥《とちおとめざいばつ》のレラミが、やる必要もないストリートライブなんて貧乏《びんぼう》くさいことも、やってあげようってわけなのよ」

よく見ると、レラミの目には涙《なみだ》が浮《う》かんでいた。

「うう……。あのね四郎ちゃん、夢《ゆめ》をつかむためには、恥《は》ずかしいかぶりものでもかぶるド根性《こんじょう》がないとダメよ。なにがなんでも目立たなくちゃダメなの！　だからあたしは、心を鬼《おに》にして四郎ちゃんに肉マンをかぶせるわ。く、うう……」

「え、えーっと、そのお……」

な、なんだよ、レラミのやつ。ぼくを応援《おうえん》したいだって？　ぼくのために泣いてるっていうのか？　おまえってそんなやつだっけ??

ぼくがポカーンとした顔をしていると、

「と、いう設定《せってい》を、レラミとボンドさんと白神《しらかみ》で考えたってわけ～」

と、舌《した》をベーッと出し、レラミはウインクした。

「バンドが日本一になるには、世間を感動させるストーリーが必要よ。そして、どん底からはいあがろうとする人を、人は応援《おうえん》したくなるものなの。だからレラミという女神《めがみ》がどん底貧乏《びんぼう》の四郎ちゃんを励《はげ》ますことで、四郎ちゃんが努力しはじめると、こういうストーリーでいこうと思うわけ」

「げっ、なんだよそれえ！」

「うむ、今のビンタシーン、いい画《え》が撮《と》れたぞ。バンドを愛するがゆえの方向性《ほうこうせい》のちがいによる激突《げきとつ》じゃ。プロモーションビデオに使えば評判《ひょうばん》になるぞ」

プロデューサーのボンドさんが、ボリボリとカリントウを食べながら言う。

「くっそう」とぼくはうなり、すがるような目で三段界《さんだんかい》さんを見た。

「ねえ、三段界《さんだんかい》さん、こんなダサいもの、かぶってらんないよね？」

「いやあ、でも、ぼくも四葉家《よつばけ》に家賃滞納《やちんたいのう》されてて、懐《ふところ》きびしいしさ、ぱーっと売れて、いい思いしたいねえ。それにさ、家賃滞納《やちんたいのう》されてる大家《おおや》がバンドに協力するってのも、感動的なストーリーだよね？」

「おいおい父ちゃん、家賃滞納《やちんたいのう》してたのかよ！　それじゃあ、三段界《さんだんかい》さんに言われたら、やるしかなくなっちゃうじゃないかー」

ぼくは怒《おこ》って父ちゃんを見た。すると父ちゃんは、キョトンとして言った。

「え？　このかぶりもの、おもしろいよね？　絶対《ぜったい》に人気出るよ。父ちゃんは富《ふ》士山《じさん》かぶりたいな～」

「ダメだこりゃ」

ぼくはがっくりきて、肩《かた》を落とした。

結局《けっきょく》、父ちゃんが富士山《ふじさん》、三段界《さんだんかい》さんがバラ、そして、ぼくが肉マンのかぶりものをつけることになった。

「やってらんないよ。たくっ。あー、くそ、頭重い～」

あごに結《ゆ》わうひもをうまく結べずにいると、ボンドさんが近づいてきた。

「どれ、ワシがやってやろう」

ボンドさんはひもを結びながら、ぐいっとぼくに顔を近づけた。そして、「四郎くん、きみはやはり前世がワラのひもだけあって、結ぶことに縁《えにし》がある」とささやいて、くくくっと笑った。

「ワラのひもって言わないでよ！　前世がワラなんて、おまけのおまけみたいでぜんぜんかっこよくないじゃんか」

ぼくが怒《おこ》ると、ボンドさんはゆっくり首をふった。

「いやいや、おまけなんてとんでもない。このバンドの中心は、本当のところはきみだと言ってもいいくらいなんじゃ。やはりワラのひものきみが、強力に結びつける力を発揮《はっき》せんと、メンバーをつなげることはできんからな」

「バ、バンドの中心だって？」

「うむ、そうじゃ。しかし、このバンドの因縁《いんねん》は、まだ本格的《ほんかくてき》には動いておらん。もうひとつ、重要な前世の因縁《いんねん》を結びつけねばならん。最後の因縁《いんねん》が結びついたとき、バンド、〈そのうち浮《う》きあがり隊《たい》〉は、真の成功をおさめるじゃろう」

「し、真の成功？　それって、どういうこと？」

ぼくはゴクリとのどを鳴らした。前世の因縁《いんねん》って、あの平家《へいけ》がどうのってやつか。レラミが海に飛びこんだおばあさんで、それで……。

「そういや、幼《おさな》い帝《みかど》ってのが、だれかわかってないんだっけ」

ぼそりとぼくがつぶやくと、ボンドさんはまた、にやりと笑った。そして、

「まあ、せいぜいがんばりなされ」

とぼくの肩《かた》をポンとたたくと、その場をはなれていった。

かぶりものをつけて音合わせをすると、いよいよデビュー曲『海から富士山《ふじさん》・モォ・ドッキン☆』を演奏《えんそう》することになった。

練習は真剣《しんけん》にやってきたし、演奏《えんそう》には自信がある。

だけどぼくらの周りには、お客さんがひとりもいなかった。たまに足を止める人がいても、肉マンのかぶりものを見て笑うと、さっさと立ちさってしまう。

「あーあ、お客がひとりもいないなんて、だいじょうぶかなあ」

ぼくがぼそりとつぶやくと、

「心配せんでえ〜で〜」

どこからか関西弁《かんさいべん》が聞こえた。ウシの声だ。けど、ウシの姿《すがた》は見えない。

「そういやウシのやつ、さっきからいないけど、どこにいるんだ？」

ウシは練習のときも、演奏《えんそう》にはいっさい加わらず、ボンドさんとお菓子《かし》を食べてばかりいた。でも、ウシには怪《あや》しいところがあって、毎日「レッスンや」と言っては、どこかに出かけていたのだ。

（ウシのやつ、いったいなんのレッスンしてたんだ？　演奏中《えんそうちゅう》に変なことしなきゃいいけど……）

そんな心配が胸《むね》をかすめてため息をもらすと、レラミに肩《かた》をたたかれた。

「だいじょうぶよ、四郎ちゃん。お客がいないことなんて心配する必要ないわ。レラミのバラ色フレッシュフルーティな歌声がひびきわたれば、広場にいる人はたちまち残らず、ここに集まってくるに決まってるんだから」

思わず、プッと吹《ふ》きだした。

やれやれ、ぼくはどうやら、初めてのライブを前に、すこし弱気になってたみたいだ。レラミはワガママなやつだけど、こういうときは根拠《こんきょ》のない自信にあふれた言葉が頼《たの》もしく聞こえる。

ひょっとして、これがバンドってやつのおもしろさなのかな？

気の合わないやつがいて、ケンカもするけど、演奏《えんそう》の息は合ってて、曲の前にはなんだかんだと励《はげ》ましあえる……。

「いつもみたいに、四郎ちゃんの合図ではじめるわよ」

レラミが、パチンと指を鳴らした。

「わかった」

ぼくはうなずくと、もう一度広場を見わたした。

やっぱり、ぼくらに注目してる人はいない。

次にぼくは、三段界《さんだんかい》さんを見て、父ちゃんを見た。

バラと富士山《ふじさん》の頭がかくかくと動く。ふたりとも力強くうなずいてくれた。

ぼくは大きく深呼吸《しんこきゅう》をして、スティックをふりあげた。そして思いきりそれをドラムにたたきつけると、

「ワン・ツー・スリー・ゴー!!」

力いっぱい声をはりあげた。

ぼくの合図と同時に、ギターとベースがハードでポップなリズムを炸裂《さくれつ》させる。

♪　モ～モ～モモ～　モモモモ～　モオォォオ
あたしたち～　海からジャブジャブはいだして～

レラミの歌声が広場にひびきわたると、何人かの人がギョッとした顔でこっちをふりむいた。

「なにあれ。モ～モ～？」

「どういう意味？」

こそこそ声が聞こえる。いいぞ、意味不明な歌詞《かし》が、みんなの関心を引きつけてるみたいだ。やがて広場の半分くらいの人が、なんだなんだという顔で集まってきた。「やだあ、なんかかわいい」「いい声だね」なんてほめ言葉も聞こえる。

すげえ、いい感じになってきた！　興奮《こうふん》したぼくは、思わずシャウトした。

「オッケー！　レラミー、いっけー！」

そして歌詞《かし》が、「富《ふ》・士《じ》・山《さん》！　ドッキン☆」まで来た、そのときだ。

ズザザザザザ!!
ドッシーン!!
すごい音がして、木の上から巨大《きょだい》なものが降《ふ》ってきた。
「きゃあああああ!」
広場に絶叫《ぜっきょう》がこだまして、集まっていた人たちがちりぢりに逃《に》げだす。
木の前には、葉っぱまみれのウシが立っていた。

♪　**モ〜モ〜モモモ〜　モ〜モ〜モモモ　モオ!　モオォ!**
モモモオ!　モオ!

ウシは、どっからそんな声が出るんだという、大音量の声で歌いだすと、見たこともないぐねぐねした激《はげ》しい動きでダンスをはじめた。どてっ腹《ぱら》を地面にくっつけて、タコが暴《あば》れまわるみたいにドタズタとうねり、踊《おど》りくるっている。

不気味な動きで激《はげ》しく踊《おど》るウシに恐《おそ》れをなして、広場の人びとは叫《さけ》びながら逃《に》げていき、ついに広場にはひとっこひとりいなくなった。あたりまえだ。だって、突然怪物《とつぜんかいぶつ》が出現《しゅつげん》して暴《あば》れだしたようにしか見えない。

それでも、そんな状況《じょうきょう》に一歩も引かなかったのは、ウシとレラミだった。ウシとレラミは、お互いに負けないくらいのボリュームで「モモモオ！　モオ！」と熱唱《ねっしょう》し、みごとなハーモニーをひびかせていた。

その光景に勇気づけられて、ぼくもドラムをたたく手を止めずにすんだ。

広場に人がいなくなっても、ぼくはウシとレラミの歌声に合わせて、情熱的《じょうねつてき》にスティックをふりつづけたのだった。

人気者四郎《しろう》くん

バシャ！　バシャ！　と、あちこちでフラッシュが光る。

「わっ、まぶしい」

ぼくと父ちゃんは顔をしかめ、三段界《さんだんかい》さんは「あ、まって、起きぬけの顔は撮《と》らないで」と、オロオロしている。

けれどその横で、

「なにが大事って、インパクトが命よ、インパクト。ワシのこのダイナマイトボディで、あのダイナマイトダンスやろ？　そりゃあんさん、お客はんもぶっ飛ぶっちゅうもんですわ。ワッハッハ」

と、ウシのやつは大笑いしてふんぞりかえっている。

「ウシさん、あのうねうねしたダンスには、どういう意味があるんです?」

テレビレポーターが、マイクを突《つ》きだしてきた。

「おっ、うねうね? ええ質問《しつもん》や。あれはやなあ」

ウシはひづめでどてっ腹《ぱら》をなでながら、えらそうに質問《しつもん》に答えている。

ぼくのほうは、フラッシュをあびて暑いし緊張《きんちょう》するしで、めまいがしてきた。

なんでぼくらがたくさんのカメラに囲《かこ》まれているかというと、それはつまり、ぼくらのストリートライブが成功したからだった。

いや、成功どころじゃない。大成功と言っていい。

なにせぼくらは、ライブの翌日《よくじつ》には、日本中のだれもが知っているくらいの有名人と有名ウシになっていたんだから。

しかもそうなったのは、ウシのあの、とんでもないダンスが要因《よういん》だった。

あのとき、ウシを見た観客は、「ギャー！」と叫《さけ》んでクモの子を散らすように逃《に》げだした。ところが、それでもぼくらが演奏《えんそう》をやめずにいると、今度は野次馬《やじうま》がそろりそろりと周りに集まってきた。そしてだれかが、「ウシだ、ウシが歌って踊《おど》ってるぞ！」と叫《さけ》んだ。すると一度は逃《に》げた人たちも、「ほんとだ、ウシがうねってる！」と、ウシのダンスの強烈《きょうれつ》さに引きつけられて、再び集まってきた。

気がつくと、ぼくらの周りには人だかりができていたのだ。

ライブのようすはニュースで全国に放送され、「あの異様《いよう》な光景と意味不明な歌はなんだ!?」と、日本中の話題をかっさらった。そして朝には、ぼくらに直撃《ちょくげき》取材をしようと、たくさんのマスコミがアパートに押《お》しよせたってわけだ。

まあ、人間だけのライブだったら、ここまで話題にはならなかっただろうな。

「あのうねうねは、海やがな、海を表してるんや！」

頭がくらくらして倒《たお》れそうなぼくの横で、ウシのほうがいきなりバタッと倒《たお》れた。そしてその場で、ドタズタうねうねと、あの謎《なぞ》のダンスをやりだした。

「見てみい、海や！　荒《あ》れくるう波やがな！」

「うわっ、ウシさん、ここではいいですから！　ちょっ、あぶない！　ぎゃっ」

レポーターたちは踊《おど》るウシに蹴《け》とばされ、下じきにされたりしている。父ちゃんがなんとかウシを止めようとしていると、かん高い声がした。

「まあ、あのダンスは海だったの!?　なんだか、深～いストーリーがありそうだわ。きかせてちょうだい、ウシ！」

見ると、レラミと白神《しらかみ》さんとボンドさんが、高級車から出てくるところだった。

「みなさん、ごきげんよう。あたしは栃乙女財閥《とちおとめざいばつ》の令嬢《れいじょう》にして、〈そのうち浮《う》きあがり隊《たい》〉のボーカル、栃乙女《とちおとめ》レラミです」

レラミはワンピースのはしをつまみあげてにっこり笑うと、

「あたしたちは、ド貧乏《びんぼう》な四葉《よつば》四郎くんの、『バンドで日本一になりたい』という夢《ゆめ》を応援《おうえん》するために活動しているの。ウシのダンスにも、涙《なみだ》なしでは語れないエピソードがきっとあるのね」

と言ってウシを見た。

けっ！　とぼくは心の中で舌打《したう》ちをした。なーにが、涙《なみだ》なしでは語れないエピソードだよ。そんなものあるわけないだろっ。レラミのやつ、「ド貧乏《びんぼう》な四葉《よつば》四郎の成りあがりストーリー」という感動路線にむりやりもっていくつもりらしい。ネタにされるなんていい迷惑《めいわく》だ。

「うむ、それはやなあ」

踊《おど》りくるっていたウシは、むくりと起きあがると、鼻息をひとつして言った。

「四郎くんとこは金欠で食材も買えんときがあるんや。それでお父ちゃんのタクシーに乗って、たまに海におかずの魚を釣《つ》りに行きはるんやけどな。ワシはけなげなふたりに感動してなあ。そのタクシーの中で、ふたりに困難《こんなん》を突《つ》きつける荒《あ》れくるう海を表現《ひょうげん》した、このうねうねダンスを思いついたっちゅうわけや」

「はああ？」と、ぼくは眉《まゆ》をつりあげた。ウシのやつ、だれのせいで金欠になってると思ってるんだよ。おまえが家計費《かけいひ》を使いこむせいだろーが。おまえがー。

「まあ！　海まで魚釣《さかなつ》りにですって？　えらいわ！」

「親子愛に感動でございます！」

レラミと白神《しらかみ》さんが大げさにおどろいてみせ、「いやあ、それほどでも～」と、父ちゃんが照れている。うわ、父ちゃんもレラミのノリにのっかるつもりか。

「ぼくも一生懸命《いっしょうけんめい》なふたりを応援《おうえん》したくて、バンドを手伝《てつだ》うことにしたんです。家賃滞納《やちんたいのう》されてるんですけどね。ハハッ」

三段階《さんだんかい》さんまでがみんなに調子を合わせて、ぼくの肩《かた》をバンバンたたいてきた。

「はあ～」と、ぼくはため息をついた。

〈そのうち浮《う》きあがり隊《たい》〉ってば、こんなんで、本当にかっこいいバンドになれるんだろうか？


ところが、初ライブの日から一週間もしないうちに、世間にはぼくの予想を大きく外れる展開《てんかい》が広がった。
〈そのうち浮《う》きあがり隊《たい》〉の珍事件《ちんじけん》は、日本中に大フィーバーを巻《ま》きおこしたのだ。

♪　**目指すはバッチリたったひとつ**
富《ふ》・士《じ》・山《さん》！　ドッキン☆
モ～モ～モモモ～　モ～モ～モモモ　モオ！　モオォ！
モモモオ！　モオ！

この意味不明な歌が、テレビやネット、そして街のあちこちで流れて、だれもが口ずさむようになるなんて、ぼくには思いもよらないことだった。
ぼくらはストリートでのライブを中心に活動すると決めて、全国をかけめぐった。ライブがはじまるとたちまち人が押《お》しよせたけど、演奏《えんそう》が終わると、ぼくらは上空のヘリに吊《つ》りあげられて、さっと退散《たいさん》した。

この神出鬼没《しんしゅつきぼつ》の演出《えんしゅつ》を考えたのは、プロデューサーのボンドさんだ。これがすごくウケた。無料でライブを見ることができたのも流行の要因《よういん》だ。ウシダンスを撮影《さつえい》した人がネットで動画を拡散《かくさん》して、ますます話題が広がった。

〈レラミちゃん、超《ちょう》かわいいい！〉

〈目指すは富士山《ふじさん》。てっぺん目指して、おれもがんばるぞ！〉

〈モオ！　モオォ！　のあたりが切なくて、涙《なみだ》がこぼれます〉

〈情熱的《じょうねつてき》なラブソングをありがとうございます〉

〈ウシさんのダンスを見ていると、寿命《じゅみょう》がのびます〉

全国からぞくぞくと感想が寄《よ》せられた。うれしかったけど、中には「はあ？」と首をひねりたくなる感想もあった。

まあ、とにもかくにも、『海から富士山《ふじさん》・モォ・ドッキン☆』は、老若男女《ろうにゃくなんにょ》にウケまくったのだ。全国の幼稚園《ようちえん》や小学校で、腹《はら》ばいになってドタズタと踊《おど》る遊びが流行し、「服が汚《よご》れて困《こま》る」と、社会問題になるほどだった。

ライブは無料だったものの、リリースしたCD《シーディー》は飛ぶように売れた。さらに、富士山《ふじさん》とバラと肉マンのかぶりものもなぜか大好評《だいこうひょう》で、グッズまで作られた。

「ほら見て、肉マン四郎くんキーホルダーよ。よくできてるでしょ」

「うわっ」

レラミが、ぼくの人形がくっついたキーホルダーを見せてきた。ぼくの人形はぼくそっくりで、すごく不気味だ。くそー、なんでも商売にしやがって。

店先で女子高生が、「キモカワイイ～。ウシと四郎くん、どっちにしよっかな」

とはしゃいでいる姿《すがた》を見かけたときは倒《たお》れそうになった。キモカワイイだと？　ウシとどっちにしようかだと？　うー、クツジョク。

そしてもちろん、ぼくは学校でも人気者になった。

「四郎、すげえじゃん！　おまえんちにウシがいたなんて知らなかったよ！」

仲よしのタイチが、ぼくの肩《かた》をバンバンたたいてきて、「おまえの夢《ゆめ》を応援《おうえん》してくれるなんてさ、いいウシ友《とも》持ったなあ」と言った。

「なにい、いいウシ友《とも》だとお⁇」

タイチの言葉に、ぼくは眉《まゆ》をつりあげた。

「四葉《よつば》くんがあんなに貧乏《びんぼう》だなんて知らなかったよ。海におかずを釣《つ》りに行くなんてえらいね。日本一目指してがんばってね！」

「あ、うん、えへへ、ぼく、がんばるぅ～」

クラスの女子から応援《おうえん》してもらえたのは、まあ、ちょっとうれしかった。

「テレビで見たんだけどさ、四郎くんたち、滅亡《めつぼう》した平家《へいけ》の生まれかわりなん

だって？　その因縁《いんねん》で結びついてるとかなんとか」

「あたしも見た！　四郎くんってば、ワラのひもの生まれかわりなんでしょ？」

「なにそれウケるー！」

みんなの間にどっと笑いが起こった。

「こらー！　ワラのひもって言うなー！」

ぼくんちにはテレビがないから知らなかったけど、ワラのひもの話、テレビでも出たのか。ちくしょー。レラミやボンドさんは、バンドを売るために徹底的《てっていてき》にぼくをネタにするつもりだな。

（あれ？　そういえば……）

ワラのひもの話から、ぼくはふと、ライブ前のボンドさんの言葉を思いだした。

——最後の因縁《いんねん》が結びついたとき、バンド、〈そのうち浮《う》きあがり隊《たい》〉は、真の成功をおさめるじゃろう。

たしか、そんな言葉だ。

最後の因縁《いんねん》って、いったいなんだろう。

前世の縁《えにし》でまだ見つかっていないのは、幼《おさな》い帝《みかど》だ。

そして、バンドメンバーで前世がわかっていないのはというと……。

（えーっと、ひょっとして、ウシが帝《みかど》……とか？）

ぶるるっと、身ぶるいがきた。

ウシが帝《みかど》だなんて、なにが起きるんだか。想像《そうぞう》するのも恐《おそ》ろしい。

ぼくは、あえてそれ以上は考えないことにした。


「グギギギ、あー、やっぱおっも～い！」

アパートに帰ると、あいかわらずのドアに迎《むか》えられる。学校で質問《しつもん》攻《ぜ》めにあって疲《つか》れていたぼくは、やけくそになってドアを蹴《け》りそうになった。すると、

（ん？　あれ……）

なんだかわからないけど、なにかが変な気がした。

（そういや、父ちゃんも、このドア変だって言ってたっけ）

ぼくはドアをじっと見た。栃乙女財閥《とちおとめざいばつ》の紋章《もんしょう》に埋《う》めこまれたドアスコープが、どうも気になる。ためしにスコープに目をくっつけてみたけど、なにも見えない。

「ま、とにかく家の中に入ろう。グギギガ……」

で、なんとか家の中に入ったぼくは、「ただいま～」と部屋《へや》のふすまを開けた。

すると、いつものポジションで、ウシがアフタヌーン・テーをしていた。

「よお、おかえり」

「はあ、くたびれてお腹《なか》減《へ》っちゃったよ。なんか食いものないかな。あ、そうだ！」

ぽんと手をたたいて、ぼくは近くのダンボールをさぐった。貧乏《びんぼう》なぼくの食生活を心配したファンが、食べものを送ってきてくれたのだ。

「やりぃ、まんじゅうがある～」

「ミルク・テー、いれたってんで～」

ウシがチチ袋《ぶくろ》からミルクをカップにそそいでいる。

「おっ、サンキュー。いっただきまーす」

ウシのやつ、こういうところだけは、みょうに気がきくんだよなあ。

学校での緊張《きんちょう》から解放《かいほう》されて、ぼくはリラックスした気持ちでまんじゅうにぱくついた。

で、しばらくは、おいしくまんじゅうを食べていたんだ。だけど、じわじわと、あれ、なんだかおかしくないか？　という気持ちがわいてきた。

ぼくはじっと部屋《へや》を見まわした。

なんだろう、なにかがおかしいぞ。

こうじゃないだろってことが、なにかあるような……。

「ああー!!」

おかしさの正体に気づいて、ぼくはがばっと立ちあがった。

「うおっ、なんやいきなり叫《さけ》んで、びっくりするがな」

「おいおいおい、ちょっと待てよ！　どういうことだよ。なんで、なんでぼくはいまだに、このオンボロアパートにいるんだ⁇」

まんじゅうをくわえたまま、ぼくはほえた。そうだよ。だって、このアパートにいるのがあまりに自然で今まで考えなかったけど、そういえばバンドは大成功で、CD《シーディー》やグッズが売れに売れているんじゃなかったっけ⁇　それなのに、ぼくの生活があいかわらず貧乏《びんぼう》なのは、いったいなぜなんだ！

口からまんじゅうがぼとりと落ちたところで、「ただいま～」と玄関《げんかん》から声がした。父ちゃんが帰ってきたのだ。ぼくはダッシュで父ちゃんのもとにかけつけた。

「ちょっと、父ちゃん！　今ごろ気づいたけど、どど、どういうこと⁇」

「わっ、なんだよいきなり、どういうことって、どういうこと⁇」

ぼくがぐいぐいジーンズを引っぱると、父ちゃんはわけがわからないって顔で目を白黒させた。すると、そのようすを見ていたウシが、「なんや、そのことかいな」と言い、腹巻《はらま》きから携帯電話《けいたいでんわ》を取りだした。おお？　ウシのやつ、いつのまに携帯《けいたい》なんか手に入れたんだよ。

「あ、もっしー？　白神《しらかみ》さーん？　あのお、ちょっとあの件《けん》ね、四郎くんに説明したげてえな。はいはい、ほな、代わりまっせ～」

携帯電話《けいたいでんわ》をわたされたぼくは、気があせって、

「白神《しらかみ》さん、ぼ、ぼ、ぼく、貧乏《びんぼう》なんですけどー!!」

なんて、説明をはしょりすぎなことを言ってしまった。

スピーカーモードの携帯電話《けいたいでんわ》からは、落ちついた声が聞こえてきた。

「はいはい、その件《けん》でございますね。CD《シーディー》やグッズの売りあげでしたら、ちゃんとメンバーで分配しておりますよ。しかし、四郎さまのお宅《たく》は、ご存知《ぞんじ》のように超合金《ちょうごうきん》ドアのシステム維持費《いじひ》が莫大《ばくだい》ですので、そちらの費用《ひよう》にあてさせていただいております。ほっほ」

「なんだとー!!」

あのドア、ただじゃないのかよ！　だったらふつうのドアにしろ！

携帯電話《けいたいでんわ》をにぎりしめてふるえているぼくの肩《かた》を、ウシがポンとたたいた。

「まあ、それでもちょっとお金はあまったんやけどな。それはこの、ありがたーい像《ぞう》の、ローンの頭金《あたまきん》にしてん」

ウシは押《お》し入《い》れのほうに行くと、ふすまをがらっと引いた。

中には、金ピカの、ずんぐりとした像《ぞう》が入っていた。

「これ、桂川《かつらがわ》ボンドせんせの像《ぞう》。この像《ぞう》にむかって毎日お祈《いの》りするとな、強力なパワーがもらえて、キレッキレのダンスが踊《おど》れるねん」

　ぼくは口をあんぐり開けて、金ピカ像《ぞう》を見た。どう見ても、あからさまに、インチキ霊感商法《れいかんしょうほう》じゃないか！

「むむー！　くっそー、ウシめ、こんなしょーもないものにぼくらのお金を使いやがって。今度という今度は許《ゆる》さーん！」

　完全に頭にきたぼくは、ウシに飛びかかった。すると、

「ちょっと待て、四郎！　このアパートに住みつづけてるのは、父ちゃんがそう

したいからでもあるんだ！」

父ちゃんが、がばりとぼくに抱《だ》きつき、止めに入ってきた。

「なにい、父ちゃんが？　どういうことだよ！」

ぼくは怒《いか》りがおさまらず、父ちゃんをにらみつけた。父ちゃんは困《こま》った顔をして、頭をぽりぽりとかいた。

「だってさ、引《ひ》っ越《こ》しちゃってぼくらがここからいなくなったら、母ちゃんが帰ってきたとき、さびしい思いをするじゃないか」

「あ……」

ハッとして、ぼくは思わずうつむいた。

そうだった。父ちゃんは、バンドもライブも、出ていった母ちゃんがぼくらを見つけてくれるかもしれないからやってるんだ。

父ちゃんはずっとずっと、母ちゃんのことばっかり考えてるんだ……。

「あ～、こっほん。それにじゃな」

携帯電話《けいたいでんわ》から、白神《しらかみ》さんとはちがう、太い声が聞こえてきた。

「その声は……、もしかしてボンドさん？」

「そうじゃ、ワシじゃ」

「ちょっとあんた、なんなんだよ！　あんなインチキ金ピカ像《ぞう》をウシに売りつけたりしてさ」

「いやいや、あれはたいそう効《き》き目《め》のある像《ぞう》でな……、って、その話はあとじゃ。四郎くん、きみの父さんじゃがな、テレビに出ずにストリートライブをやりつづけたいと言《い》いはったのも、父さんなんじゃぞ」

「なんだって？」

ぼくはおどろいて父ちゃんを見た。父ちゃんはうつむいてだまってる。でも、ぼくには父ちゃんの考えがよくわかった。

「きみの父さんは、ああ見えてなかなか頑固《がんこ》でな。この件《けん》だけは絶対《ぜったい》にゆずらなかった。しかたがないので、ストリートライブで有名になるプロデュース方法を、わしが考えたんじゃ」

「そ、そうだったんだ」

ぼくは、ちょびっと泣きそうになった。

父ちゃんがこんなにも母ちゃんのことを思ってるなんて。それなのに母ちゃんときたら、いったいどこでなにやってるんだよ。こんなに有名になったのに、母ちゃんからはなんの連絡《れんらく》もない。

「だがしかしじゃ、トップを目指すなら、そろそろ本格的《ほんかくてき》に動かねばならん。そこで、今日《きょう》は新しい提案《ていあん》じゃ。どうじゃ諸君《しょくん》、あの、日本一の音楽番組に、出てみんかね？」

重々《おもおも》しい声で、ボンドさんはそう言った。

「えっ！　に、日本一の音楽番組!?」

突然《とつぜん》降《ふ》ってきたその言葉に、ぼくの胸《むね》は急激《きゅうげき》にドキドキと高鳴った。

家族の思い出

夜の防波堤《ぼうはてい》には、ぼくと父ちゃんの他に人かげはなく、ザザーンと波の音だけがひびいている。

「父ちゃん、それで、話ってなにさ」

ぼくと父ちゃんは、いつものようにおかずを釣《つ》りに海に来ていた。今日《きょう》はウシはいない。なぜなら父ちゃんが、「四郎、ちょっとふたりで話がしたいんだ」なんて言って、ぼくだけをタクシーに乗せて出発したからだ。

そういえば、ウシが来てからというもの、父ちゃんとふたりきりでじっくりしゃべる機会ってあんまりなかった。っていうか、父ちゃんが真剣《しんけん》な顔で「話がしたい」なんて言いだすこと自体、これまでにないことだ。母ちゃんが出ていったときでさえ、父ちゃんはただ、へらへら笑っていただけだったんだから。

「うん、あのなあ」

となりで、父ちゃんが顔をあげた。

「四郎はひょっとしたら、母ちゃんが帰ってこないほうがいいって思ってるか?」

「え?」と、ぼくは首をかしげた。一瞬《いっしゅん》、父ちゃんの質問《しつもん》の意味がわからなかったのだ。

「だって四郎、母ちゃんが出ていって、ウシくんが来てからのほうが、なんかイキイキしてる気がしてさ」

「えっ、そ、それは……」

口をもごもごさせて、ぼくは持っていた釣《つ》りざおから目をそらした。

父ちゃんの言葉に、心臓《しんぞう》がドキリとした。

去年、母ちゃんが出ていってからしばらくしてウシが来て、それ以来、ぼくの暮《く》らしは確実《かくじつ》にめちゃくちゃになった。ウシのせいで、とんでもないことばかり起きている。ぼくは本当に心の底から、いいかげんにしろよって思ってる。

だけど……。

「父ちゃんと母ちゃん、ケンカばかりしてただろ？　まあ、ほとんど父ちゃんが母ちゃんに怒《おこ》られてるだけだったけどさ。そのころの四郎って、今よりずっと口数も少なかったなあって思ってさ」

ぼくは言葉をつまらせた。

だって、それは本当のことだったからだ。

母ちゃんが父ちゃんにガミガミ怒《おこ》ってばかりいたころ、ぼくは内心うんざりしていた。もっと小さかったころは、貧乏《びんぼう》でも家族みんな仲がよかった。それが気がついたら、家の中の空気が、やけにトゲトゲしたものになっていたんだ。

「あのな、四郎」

父ちゃんは、ふいにぐっと背筋《せすじ》をのばした。

「母ちゃんが出ていった理由はな、貧乏《びんぼう》が嫌《いや》だったからじゃないからな」

「えっ」

びっくりして、父ちゃんの横顔を見る。それって、どういうこと？

「じゃあ、なんで出てったんだよ」

ぼくは眉《まゆ》をつりあげて言った。

母ちゃんは貧乏《びんぼう》が嫌《いや》で、すぐに仕事をクビになる父ちゃんが嫌《いや》で、だからぼくを置いて家を飛びだしたんだと、ずっと思ってた。それが、ちがうだって？

父ちゃんは、頭をぽりぽりとかいて言った。

「母ちゃんはな、ずーっと昔から、父ちゃんの音楽を応援《おうえん》してくれる、たったひとりの人だったんだ。父ちゃん昔、バンドやってただろ？　人気も実力もたいしてなかったけどさ、でも、音楽は最高に楽しかったんだ」

「うん」

ぼくはむすりとしながらも、うなずいた。

音楽は楽しい。それはわかる。父ちゃんは、だからぼくの夢《ゆめ》を応援《おうえん》して、ドラム練習のために尻《しり》だってたたかせてくれたんだし。

それに、あんな恥《は》ずかしい曲でデビューした〈そのうち浮《う》きあがり隊《たい》〉も、演《えん》奏《そう》だけは正直楽しい。みんなでリズムを刻《きざ》むとき、ぼくの胸《むね》は熱くなる。

「でさ、母ちゃんはな、父ちゃんと同じバンドのメンバーだったんだ」

「へえ！　そうだったんだ」

それは知らなかった。ぼくは母ちゃんの記憶《きおく》をたどった。そういえば、母ちゃんってば、たまにみょうなダンスを踊《おど》りながら、鼻歌なんか歌ってたっけ。歌は、けっこうヘタで……、ダンスも、だいぶヘタだった気がするけど……。

「まさか母ちゃん、ボーカルじゃないよね？」

「うん、ちがう」

やっぱり。あの歌でボーカルはないよな。ははっ。

「じゃ、ピアノかなあ。それか、意外なところでフルートとか、トランペットとか？　ああいうクラシカルな楽器があると、サウンドに深みが出るよね」

「いいやちがう。母ちゃんはな」

「うん」

「チクワの着ぐるみを着て、床《ゆか》をはねまわって踊《おど》る人だった」

「は？」

ぼくはぽかんと口を開けて首をかしげた。チクワの着ぐるみ？

「まあ、バックダンサーっていうかさ。って、いや、バックっていうか、あの人はいちばん前で踊《おど》ってたけど。あ、着ぐるみはチクワだけじゃなくて、メンタイコとか冷蔵庫《れいぞうこ》とか墓《はか》とか、曲によってバリエーションはいろいろあってさ。でも父ちゃんは、チクワがいちばんステキだったなと思ってるんだ。父ちゃんの大好物のチーチクになってくれたりもしたなあ。顔面を黄色くぬって」

なつかしそうな顔で父ちゃんは語った。

「はあ、チーチクっすか……」

冷蔵庫《れいぞうこ》や墓《はか》の着ぐるみで踊《おど》るって、どんな曲だよ。もしかしてぼくがイカしたバンドをやれないのは、遺伝《いでん》とかそういう感じのものじゃないだろうな……。

「で、母ちゃんは結婚《けっこん》してからも、ずっと父ちゃんの音楽を応援《おうえん》してくれた。あ、プロになれるなんて思ってたわけじゃないんだ。それは夢《ゆめ》だってわかってた。でも、音楽の楽しさは忘《わす》れるなって、いつも言ってくれてさ。それなのに……」

父ちゃんは今度は、なさけない顔になってうつむいた。

「父ちゃん、どこへ行っても仕事がうまくいかなくてさ。落ちこんで、暗くなって、ため息ばっかりつくようになってさ。ギターなんか押《お》し入《い》れの奥《おく》にほうりこんで、指もふれなくなっていった。それでも母ちゃんは、音楽をやってたころの楽しさを思いだせって、励《はげ》ましつづけてくれた」

ぼくはくちびるをかんだ。キュウッと胸《むね》をしめつけられるような感じがした。

「だけど、いつまでも父ちゃんがくよくよしてるもんだから、いい加減《かげん》に腹《はら》を立ててさ。父ちゃんが前みたいになるまで帰らないって、それで母ちゃんは飛びだしてったんだ」

「そうだったんだ……」

父ちゃんの話は、ぼくにとって意外なことだらけだった。

ふたりがケンカしているとき、ぼくはいつも部屋《へや》に閉《と》じこもって、頭から布団《ふとん》をかぶっていた。母ちゃんがガミガミ言う声が嫌《いや》だったんだ。なにを言ってるのかはわからなかったけど、ふすまのすき間からちらっと見た父ちゃんの表情《ひょうじょう》は、いつもへらへらと笑ってて、母ちゃんはいつも、怒《おこ》ってるのに悲しそうだった。

「貧乏《びんぼう》が嫌《いや》で、ぼくを置いて出てったんじゃないんだ」

なんだか、涙《なみだ》が出そうだった。

「いや、貧乏《びんぼう》は嫌《いや》がってたけどさ、ははっ」

そう言うと父ちゃんは、釣《つ》りざおをピッと上げた。アジがかかっていた。無事夕飯ゲットだ。ぼくは父ちゃんにバレないようにさっと目をこすって、「その割《わり》には母ちゃん、パートとかアルバイトとか、ぜんぜんしてなかったよね」と言った。

「うん、だってあの人、働くの嫌《きら》いだもん。グータラだし」

ずこっ、とぼくは思わず、座《すわ》っているのにこけそうになった。

なんじゃそりゃ。チョー自分勝手じゃん。父ちゃんだけ働かせて、自分はぷんぷん怒《おこ》って出ていくなんて。

（まあ、でも……）

くくく、とぼくは小さく笑った。昔のことを思いだす。母ちゃんは、いつも父

ちゃんにワガママばかり言っていた。でも父ちゃんはいつもにこにこ笑ってて、ぼくが、まったくしょうがないなあって顔して、ふたりにつきあうんだ。

ぼくらって、たしかに貧乏《びんぼう》だったけど、なんだかんだ言って、おもしろおかしく暮《く》らしてたんだよなあ。

「母ちゃん、ぼくらを見つけてくれるといいね」

ぼくは言い、立ちあがった。

うん、やっぱり母ちゃんには、帰ってきてほしい。

「うん。なあ四郎、父ちゃんな、バンド

が売れるとか、自分が人気者になるとか、実はどうでもいいんだ。おまえはともかく、そんな大それた才能《さいのう》、父ちゃんにはないしな。ただ、音楽の楽しさをまた味わえてるってことが、すごくうれしくてさ。その姿《すがた》を母ちゃんに見せられたら、最高だなって思ってさ」

そう言うと、父ちゃんも立ちあがった。

「うん、そうだね」

ぼくは大きくうなずいて、にかっと笑った。そして、

「父ちゃん、日本一の音楽番組『白黒対抗歌合戦《しろくろたいこううたがっせん》』では、最高のパフォーマンスを見せつけようぜ！」

と、海に向かって拳《こぶし》を突《つ》きあげた。

ウシ・フィナーレ！

全国放送の白黒対抗歌合戦《しろくろたいこううたがっせん》の日は、もう間近にせまっていた。バンドの練習も、日ましに熱気がこもっていく。

で、ウシはというと、

「もうちょっとこう、腹《はら》は激《はげ》しく波打ちながら、しっぽはエレガントにふわ～っとゆれる感じがええやろか？」

なんて言いながら、ドタズタとアパートの部屋《へや》でダンスの練習をしている。

「おいウシ！　今まで外で練習してたのに、なんで家でやるんだよ。うるさいしじゃまだし、外に行けよ！」

そう言うと、ウシはギロリとこっちをにらんできた。

「なに言うてんの。一日一回はこのボンドさん像《ぞう》の前でダンスして、パワーをもらわんとあかんのや」

そして金ピカ像《ぞう》をなでると、「ほんま、なに冗談《じょうだん》言うてんのやろこの人、テレビ出演《しゅつえん》間近やのに緊張感《きんちょうかん》ないいっちゅーか、もう知らんわ～」とぶつくさ言い、またドタズタと踊《おど》りだした。

「うーん、やっぱりシッポは情《なさ》けない感じにくたーっとさせるのがええな。荒波《あらなみ》に浮《う》かぶワラのひものイメージやもんな！　やっぱボンドさん像《ぞう》の前で踊《おど》るとインスピレーション冴《さ》えるわ～」

「ワラのひもって言うな！」

ったく、どっちが冗談《じょうだん》言ってんだか。

ボンド像《ぞう》は、押《お》し入《い》れから出されたあと、なぜか部屋《へや》のすみに置きっぱなしになっている。昼間に見てもたいがい不気味なのに、夜中にトイレに行くとき、暗《くら》闇《やみ》の中に金ピカ像《ぞう》があるのを見ると、思わず「ぎゃっ」と叫《さけ》んでちびっちゃったりするんだ。だからぼくは、何度か金ピカ像《ぞう》を引きずって押《お》し入《い》れにひっこめようとした。けれどそのたびにウシがすっ飛んできて、

「ダメ！　ボンドさん像《ぞう》はここが定位置！　動かしたらあかん。ここがこの家いちばんのパワースポットやの！」

と叫《さけ》んで、ぼくを突《つ》きとばした。

なーにがパワースポットだよ、と腹立《はらだ》たしいけど、金ピカ像《ぞう》はウシなみに重いし、ぼくはもう動かすのはあきらめた。

白黒対抗歌合戦《しろくろたいこううたがっせん》の出演者《しゅつえんしゃ》が発表された日は、学校でもさわぎになった。

「すげえな、四郎！　おい、写真いっしょに撮《と》ってくれよ～」

「ねえ、記念に髪《かみ》の毛《け》引っぱらせて」

「きゃー、スターのおでこさわっちゃったー」

なんて、ペチペチおでこをたたかれたり、ぼくはもみくちゃにされた。

そうこうするうちに、いよいよ白黒対抗歌合戦《しろくろたいこううたがっせん》の日が来た。

ぼくらは栃乙女《とちおとめ》家《け》のヘリに乗ってスタジオ入りすることになっていた。

「つーか、ヘリなんて派手《はで》すぎなんだよ。グギギギギ……」

レラミの家のヘリポートからバリバリひびいてくるプロペラの音を聞きながら、
ぼくはいつものように全体重をのせて超合金《ちょうごうきん》ドアを押《お》しあけた。玄関《げんかん》の前には、
レラミと三段界《さんだんかい》さん、白神《しらかみ》さん、それにボンドさんが待っていた。

「いよいよこの日が来たのう」

ツヤツヤの顔で、ボンドさんが言った。そして、ふぉっふぉっふぉっと笑うと、

「さあ、因縁《いんねん》の幕開《まくあ》けじゃ」

と言い、超合金《ちょうごうきん》ドアをポンポンとたたいた――。

「よろしくお願いしまーす。〈そのうち浮《う》きあがり隊《たい》〉でーっす」

スタジオに入ると、ぼくは事前に教えられたとおりに、出会う人だれにでもあいさつをした。芸能界《げいのうかい》ではあいさつがいちばん大事だって話だ。

スタジオの中には、きらびやかな衣装《いしょう》を着たスターがわんさかといた。

「うわ～、みんなド派手《はで》な衣装《いしょう》着てはるなあ。見てみ、あの人なんかビル二階分はありそうな巨大《きょだい》ドレスやで。怪獣《かいじゅう》みたい」

そう言ったウシは、フンッと鼻息を吹《ふ》いたかと思うと、「よっしゃ、ここはむしろ逆《ぎゃく》にシンプル・イズ・ベストやな。野生の利点を生かして、ワシはすっぽんぽんで勝負や！」と叫《さけ》び、いつもどてっ腹《ぱら》に巻《ま》いている腹巻《はらま》きを取りさった。

「いや、それたいして変わんないし」

ぼくがつっこんでいると、スタッフがやってきて、「どうも～、〈そのうち浮《う》きあがり隊《たい》〉さん、白黒対抗歌合戦《しろくろたいこうたがっせん》でテレビデビューとは、最高のプロデュース戦《せん》略《りゃく》ですね。あ、ご紹介《しょうかい》します。こちら司会の……」と、番組の司会者を紹介《しょうかい》してくれた。となりには裾《すそ》の長いドレスを着た、ぼくの肉マン頭に負けないくらい巨《きょ》大《だい》な、UFO《ユーフォー》みたいな髪型《かみがた》のおばさんが立っていた。

「初めまして、黒蛹《くろさなぎ》ギン子《こ》でございます。そしてこちらが人気アイドルグループ、美敵《びてき》ランドリーのバッチ白助《しろすけ》さんね」

「こんちは～、バッチ白助《しろすけ》です。よろしくう」

名前は変だけどチョー美男子な男の人が握手《あくしゅ》をしてくれた。そしてギン子《こ》さんがつづけて、「四郎くん、あなた、貧乏《びんぼう》に負けないでここまでがんばってきたそうね。えらいわあ、はいこれ、ごあいさつにあげましょうね」と言い、UFO《ユーフォー》頭の中から紙につつまれたまんじゅうを取りだして、手にのせてくれた。

「きゃー、スーパーアイドルと芸能界《げいのうかい》の女王よ。さすが、かがやいてるわね！」

去っていく司会者のうしろ姿《すがた》を見ながら、めずらしくレラミが他人をほめた。

「それではいよいよ、日本のトップミュージシャンが集結する、年に一度のフェスティバル、白黒対抗歌合戦《しろくろたいこううたがっせん》のはじまりです！」

司会者ふたりの声がひびいて、舞台《ぶたい》のカーテンがすーっと上がった。目の前に、盛大《せいだい》な拍手《はくしゅ》を送る大勢《おおぜい》の観客たちが現《あらわ》れた。

「うわっ、すっごい数」

ぼくは思わず小さく声をもらした。スポットライトの光に照らされ、汗《あせ》が一気に噴《ふ》きでて、くらりとうしろによろけた。すると、横からすっと腕《うで》がのびてきて、体を支《ささ》えられた。

「四郎、いよいよだな。この観客の中に母ちゃんはいないかもしれない。だけど、どこかでテレビは見ているかもしれない。電器屋か、たまたま入った中華料理屋《ちゅうかりょうりや》か、わからないけどさ」

父ちゃんがぐっと親指を突《つ》きだしてきた。ぼくはうなずいて、足に力を入れる

と、まっすぐに立った。
そうだ、この観客のむこうに、きっと母ちゃんがいる。
だから、今日《きょう》は最高に音楽を楽しむんだ。

出演《しゅつえん》までの間、ぼくらはテレビで、アイドルグループの鳥取《とっとり》ファイブがロボットダンスで会場を盛《も》りあげるのを見ていた。

「あんなぽっと出のご当地アイドルになんか、負けてらんないわ！」

栃乙女家《とちおとめけ》の圧力《あつりょく》で特別に作らせたというゴージャスな内装《ないそう》の楽屋《がくや》で、レラミは拳《こぶし》をぶんぶんふっている。

「えー、うちらのほうがよっぽどぽっと出だよねー」

そう言って三段界《さんだんかい》さんが笑うと、「それだけ一気にのぼりつめたってことかあ」と、父ちゃんがギターをぽんっとたたいた。

「まあ、これだけのぼりつめたのも、すべてワシのダイナマイトダンスのおかげよね」

ウシはいつものようにふんぞりかえって言った。

「はあ？　この舞台《ぶたい》に立てるのはレラミの天使の歌声のおかげよ！　っていうか

ウシ、あんた晴《は》れ舞台《ぶたい》だってのに腹巻《はらま》きなんて貧乏《びんぼう》くさいわ。脱《ぬ》ぎなさいよっ」

「いや、すっぽんぽんにしよと思てんけど、これな、白黒対抗歌合戦《しろくろたいこううたがっせん》用の特製《とくせい》腹巻《はらま》きやねん。ほら、脱《ぬ》ぐと裏側《うらがわ》が白黒のしましま。リバーシブル。もったいないし、やっぱ着るわ」

「裏側《うらがわ》なんかだれも見ないわよっ。脱《ぬ》げー！」

ウシの腹巻《はらま》きをぎゅーぎゅー引っぱるレラミを、「お嬢《じょう》さま、おぐしがみだれますっ」と白神《しらかみ》さんが止めに入る。

みんな興奮《こうふん》しているのか、いつも以上にさわがしい。

そんな楽屋《がくや》のすみで、ぼくはひとり、カチコチになっていた。

「おや、四郎くん、青ざめてますな？」

ボンドさんが大きな顔をぐいっと近づ

けてきた。

うー、情《なさ》けない。大観衆《だいかんしゅう》を目にして、緊張《きんちょう》が一気に来ちゃったんだよな。

（うう、なんか、お腹《なか》いたくなってきたかも……）

ぼくはこっそりお腹《なか》をさすった。すると、

「よっしゃ、用意でけた。みんな集合や～」

突然《とつぜん》、ウシがみんなを呼《よ》んだ。いつのまにか、楽屋《がくや》にぼくんちのちゃぶ台が持ちこまれていて、ゆげののぼるティーカップがならんでいた。

「え～と、今は夜やから、イブニング・テーやな」

「ふん、今から紅茶《こうちゃ》なんてトイレが近くなっちゃうわ」

レラミはそう言ったけど、ぼくはふらふらとちゃぶ台に引きよせられて、我《われ》知らずカップを手にしていた。

「あふ～う、なんか、落ちつくぅ～」

熱いものを飲むと、体のこわばりがとけていった。ウシはいつものチチ袋《ぶくろ》をかかげて、「ミルク・テー、するか?」ときいてきた。

「うまい! ウシくんって、こういうのほんと気がきくなあ」

父ちゃんがとなりで同じく紅茶《こうちゃ》をすすった。うん、ウシのやつ、ほんとこういうのだけはみょうに気がきく。タイミング的《てき》に、ナイスなティータイムだ。

「ほっほ、四郎くん、どうやら落ちついたようじゃなあ」

ボンドさんが肩《かた》をたたいてきた。そして、大きいほっぺたをゆらして笑うと、

「なあに、安心しなされ。今日《きょう》は必ず、伝説の舞台《ぶたい》になる」

と、ひとりごとみたいに言って、深くうなずいた。

「伝説の舞台《ぶたい》、かあ……」

ぽつりとつぶやいて、ぼくはメンバーを見まわした。

まあ、キョーレツな個性《こせい》がそろっているのはまちがいない。

たしかにある意味では、伝説の舞台《ぶたい》になるのかもしれない。

「ほな、一服《いっぷく》もしたことやし、いよいよ行くかあ」

ちゃぶ台をドンとたたくと、ウシが言った。

ぼくらは立ちあがり、円陣《えんじん》を組んだ。

レラミが円の中心に、ぐいっと拳《こぶし》を突《つ》きだす。

「いい？　〈そのうち浮《う》きあがり隊《たい》〉は、今日《きょう》、日本一になるわよ！」

拳《こぶし》を高々と突《つ》きあげると、ぼくらはときの声をあげた。

「オオー！」


幕《まく》のむこうからは、黒蛹《くろさなぎ》ギン子《こ》さんとバッチ白助《しろすけ》さんの声が聞こえてくる。

「お次は特別ゲストです。んまー、なんといいますか、隕石《いんせき》みたいに突然《とつぜん》降《ふ》ってきて、今年いちばんの話題をさらったという感じのバンドですわねえ」

「ええ、お嬢《じょう》さまのレラミちゃんが貧乏《びんぼう》な四郎くんを勇気づける姿《すがた》も感動をさそいました。四郎くんは前世がワラのひもだそうで、そういうショボいところがまた、応援《おうえん》したくなるポイントなんですよね～」

「ではおききいただきましょう。スペシャルチャーミィでパッション爆発《ばくはつ》の未来的な切ないラブソング。〈そのうち浮《う》きあがり隊《たい》〉のデビュー曲で、『海から富士《ふじ》山《さん》・モォ・ドッキン☆』です！」

幕《まく》が上がり、回転式のステージがウィーンと動く。

心臓《しんぞう》がバクバクする。大観衆《だいかんしゅう》が、目の前に現《あらわ》れた。

「ワン・ツー・スリー・ゴー!!」

ズダダダーン！

ぼくは全身の力をこめてドラムをたたいた。

「きゃー!!」

客席から大歓声《だいかんせい》が起こった。ステージの開演《かいえん》だ！

父ちゃんと三段界《さんだんかい》さんが、富士山《ふじさん》とバラのヘッドを激《はげ》しくふって、ギュイーン、ギュウウーン！　パッションあふれる音を弾《はじ》けさせる。するとステージ中央の大《だい》階段《かいだん》に、ピンク色のスポットライトが大きくあたった。

「おっまたせー！　本日の主役、レラミの登場だよ～」

パン、パパーン！　と巨大《きょだい》なクラッカーが何発もはじけ、決めポーズのレラミが現《あらわ》れた。ゆっくりとレラミは大階段《だいかいだん》を降《お》りる。大きく手をふるたびに、ホログラムのハートや星くずがきらきら舞《ま》った。

ステージのバックには巨大《きょだい》な半立体の富士山《ふじさん》がどどーんと置かれ、その周りをバラと肉マンが飛びかっている。足もとにはコンピューターで制御《せいぎょ》された波のパネルがいくつも動く。

大トリにも負けないド派手《はで》なステージだ。栃乙女家《とちおとめけ》の財力《ざいりょく》がふんだんにそそがれているのだ。

「さあ、みんなもごいっしょにー！」

観客をあおってぴょんぴょんはねると、レラミはすうっと深呼吸《しんこきゅう》して大きく口を開け、歌いだした。

♪　モ～モ～モモ～　モモモモ～　モオォォオ
あたしたち～　海からジャブジャブはいだして～

ああ、いよいよデタラメな歌詞《かし》が、全国のお茶の間に流れていく。

観客のはちきれそうな笑顔《えがお》にライトの光が降《ふ》りそそぐ。

「いやっほー！」

思わずぼくは叫《さけ》んだ。そして、「ズンズンズズン！　歩いてくぅ！」と、ここまで歌が来ると、さっと観客の表情《ひょうじょう》が変わった。みんな、息をのんで食いいるようにステージを見つめている。

♪　目指すはバッチリたったひとつ
富《ふ》・士《じ》・山《さん》！　ドッキン☆

キメフレーズで、レラミがピースをした、その瞬間《しゅんかん》だ。

ザザザザー！

ズドーン!!

波が左右に割《わ》れ、天井から巨体《きょたい》が落ちてきた。

「ぎゃーー!!　ウシさあああん、待ってましたあぁぁ！」

「本物のホルスタインよおぉぉ！」

「いよっ、白黒っ、牛乳屋《ぎゅうにゅうや》～！」

観客席から、歓声《かんせい》だか悲鳴だかわからない声が上がる。ウシが落ちた衝撃《しょうげき》で、ステージ全体がビリビリとふるえた。

「ワシは海や！　荒《あ》れくるう海やで！　ウシやないでウミなんやー！」

ウシは巨体《きょたい》をドタズタ波打たせ、はしからはしまでステージ上を暴《あば》れまくった。

観客たちも体を波打たせて踊《おど》る。会場全体が、まるで台風の海みたいに大ゆれにゆれている。

♪　モ～モ～モモモ～　モ～モ～モモモ　モオ！　モオォ！
モモモオ！　モオ！
あたしたち～　バラを散らして踊《おど》りくるう～
ふわふわぽわわん　泣かないわっ！
きーみにあげたいたったひとつ
に・く・マン　あらよっ☆
モ～モ～モモ～　モモモモ～　モオォォオ

「モオ！　モオォ！　って、ああ、切ないわ～」

「永遠《えいえん》のラブソングだね」

メロディラインがバラードに変わると、涙《なみだ》を流す観客も出てきた。

あいかわらず、この歌詞《かし》のどこに泣くポイントがあるのか、ぼくにはさっぱりわからない。でも、オーディエンスの涙《なみだ》はぼくの気持ちを高ぶらせる。

会場全体が感動につつまれ、盛《も》りあがりは最高潮《さいこうちょう》に達していた。

曲が進むにつれ、ぼくの頭の中には、これまでのことがぐちゃぐちゃになってあふれてきた。ウシが家に来た日のこと。三段界《さんだんかい》さんがドラムセットをくれたこと。レラミにバズーカでドアをふっ飛ばされたこと。そして、父ちゃんとの尻《しり》たたきの日々……。

汗《あせ》だか涙《なみだ》だかよくわからないものが、ほっぺたを伝う。

（だめだ。涙《なみだ》でにじんでドラムがぼやける）

そう思って、ぐいっとすばやく目尻《めじり》をぬぐった、そのときだった。

「さあ、いよいよ最後の因縁《いんねん》の～お、幕開《まくあ》けじゃあぁ!!」

野太《のぶと》い声がステージに降《ふ》りそそいだ。

（な、なんだって？　ボンドさんの声だと!?）

ぼくは思わずドラムの手を止めそうになった。いったいなんだ??　リハーサルじゃこんなのなかったぞ……。

父ちゃんを見るとバチッと目が合った。父ちゃんもびっくりしている。もしや、一世一代のステージでハプニングじゃないだろうな？　そう思っていると、ギュギュンギュインギュイイーン！

三段界《さんだんかい》さんがベースをかきならした。それにつづいて、「さあ、ラストのお楽しみよ～」と、レラミが両手を大きく広げる。さらにきわめつけは、

「モオォォォォォォオ!!」

ウシがガバリと立ちあがって、聞いたことのないような大音量でほえたのだ。

「な、なんだよ、こんなの聞いてないよ！」

ぼくと父ちゃんばかりがうろたえていると、次の瞬間《しゅんかん》、ステージがまっ暗になった。観客は面くらい、会場はシーンとしずまりかえった。

じりじりとした緊張感《きんちょうかん》の中、ポッと大階段《だいかいだん》の上に小さなライトがともる。

ぼくはゴクリとツバをのみこんだ。すると……、

「もっ、みゃっ、まっ、待たせたわねぇぇぇ！」

すっとんきょうな、かん高い声がひびいてきた。

「ええっ!?　そ……そんなバカな！」

ぼくの頭は、一瞬《いっしゅん》まっ白になった。いっせいに、赤や黄や青のスポットライトが、四方八方《しほうはっぽう》から大階段《だいかいだん》を照らす。信じられない気持ちでふるえながら首をまわし、大階段《だいかいだん》を見た。すると、そこに立っていたのは……、

「ちょ、超合金《ちょうごうきん》ドアー!!」

そう、大階段《だいかいだん》の上に立っていたのは、あの、くそ重い超合金《ちょうごうきん》ドアだったのだ！

「どういうこっちゃあぁぁ」

おいおいおいおい！　なんであのドアがここにあるんだよ!!

ぼくは金魚みたいに口をぱくぱくさせた。ウィーン、ガシャンと音がして、超合金《ちょうごうきん》ドアはウィンチに吊《つ》られ、空に浮《う》かびあがった。そして今度は、

「母ちゃんの、とーじょーおぉぉ!!」

ボンドさんの絶叫《ぜっきょう》がひびいた。

「そんな、ま、まさか!?」

超合金《ちょうごうきん》ドアは、ふわふわとしばらく空中をただようと、ステージに舞《ま》いおりた。

ズズ、ズズッと底を引きずって前進し、バンドメンバーの目の前まで来る。あっけにとられていると、ドアのまん中の栃乙女財閥《とちおとめざいばつ》の紋章《もんしょう》のあたりがパカリと開き、中から、母ちゃんの顔が現《あらわ》れたのだった。

「帰ってきたわよ、四郎、そして、父ちゃん!」

まちがいない。

それはたしかに、母ちゃんその人だった。母ちゃんはなつかしい顔を穴《あな》からのぞかせ、金ピカのドアとして、そこに立っていたのだ。

「っていうか、なんでドアなんだよ!!」

ぼくは叫《さけ》んだ。これが叫《さけ》ばずにいられるか!

でも、ぼくのたじろぎとはうらはらに、客席からは盛大《せいだい》な拍手《はくしゅ》が起こった。

「きゃー！　おめでとう四郎くーーん！」

「ついにお母さんと会えたな！」

興奮《こうふん》した観客の拍手《はくしゅ》がひびく中、レラミがステージの中央に出てきた。

「さあて、ようやく〈そのうち浮《う》きあがり隊《たい》〉のメンバーが、全員集合したわね」

レラミはぼくにピースサインを向けると、パチンとウィンクをした。

「なんだって⁉」

ぼくは目をむいた。超合金《ちょうごうきん》ドアが、いや、母ちゃんがメンバーだと⁇

ボーゼンとしていると、ウシが、ハッハッハーと高らかに笑い声を上げた。

「よーし、もうワンコール、いくで〜！」と、前足をふりあげる。ギュイギュイギュイーーン！　と、三段界《さんだんかい》さんも合図を送るようにベースをかき鳴らす。

ぼくと父ちゃんは、お互《たが》いの顔を見あった。

こくり。父ちゃんはうなずいて、ニカッと笑った。

つられて、ぼくも思わず、ニカッと笑う。

いったい、なにがどうなってんのか、ぜんぜんわからない。なんで母ちゃんが超合金《ちょうごうきん》ドアなんだよ。でも、そんなこと、今はどうでもいい気がする。

「モオォォォォォォォ!!」

ウシがまたおたけびを上げた。大歓声《だいかんせい》が起こる。ズドーン！　ドタズタ！　荒《あ》れくるう波。ウシの大暴《おおあば》れのダンスがはじまった。

「きえー！　なむさーん！」

絶叫《ぜっきょう》が聞こえた。母ちゃんだ。ワイヤーが外れて、超合金《ちょうごうきん》ドアの母ちゃんは落下し、うねるウシに飛び乗った。まるで、荒波《あらなみ》にもまれるかのように、母ちゃんはステージの上を、ウシとともにズダダダッとはねまわっている。

「ハッ！　そうか、わかったぞ！」

ぼくは思わず、バシャーンとシンバルをたたいた。

「み、帝《みかど》だ！」

そうだ、海に飛びこむといえば、帝《みかど》じゃないか！　母ちゃんは荒《あ》れくるう海に飛びこんだ、幼《おさな》い帝《みかど》だったんだ！　ボンドさんが言っていた最後の因縁《いんねん》って、このことだったのか！

「いや、つーか、だからなんなんだ！」

ぼくは思わずつっこんだ。だけど客席からは、「ミカドー、ミカドー」と、あちこちからミカドコールが起こっている。ボンドさんとレラミのプロモーションのおかげで、ぼくらの因縁《いんねん》ストーリーを全国のみんなが知っているのだ。

「ワーラ！　ワーラ！」

ぼくに向けたワラコールも起こった。

「だからワラって言うなってばー！」

ぼくが叫《さけ》ぶと、それを合図にレラミがぎゅっとマイクをにぎりしめた。

ふたたび、我《われ》らが意味不明ソングが、高らかに会場にひびきわたる。

♪　**モ〜モ〜モモ〜　モモモモ〜　モオォォオ**

あたしたち～　海からジャブジャブはいだして～

ズンズンズン！　歩いてくぅ！

目指すはバッチリたったひとつ

富《ふ》・士《じ》・山《さん》！　ドッキン☆

母ちゃんを乗せたウシは、ドタズタ暴《あば》れながらも富士山《ふじさん》をのぼりつめていった。

そうか、今日《きょう》、ぼくたちはようやく荒《あ》れくるう海の底からはいだして、富士山《ふじさん》のてっぺん、つまり、日本一にのぼりつめるんだ。

「てか、その設定《せってい》、どうでもよくね――!?」

ぼくはまたほえた。ほえながら、父ちゃんを見る。父ちゃんは笑っているような泣いているような顔でギターを弾《ひ》いていた。

母ちゃんに最高の演奏《えんそう》を見せようと、ふたりで練習したんだ。その母ちゃんが、今、ぼくらと同じステージにいる。

なんだか状況《じょうきょう》はよくわからない。でも、ぼくの体が燃《も》えてるみたいに熱いのはたしかだった。

とりあえず、最高なんじゃないかと思った。

ぼくらのバンドは、とんでもなくてめちゃくちゃだ。

でも、まちがいない。

〈そのうち浮《う》きあがり隊《たい》〉は、だれにも負けない、日本一の最高に楽しいバンドなんだ!!

ウシ、おまえって本当は……

——ぼくらのステージは、その日いちばんの盛大《せいだい》な拍手《はくしゅ》を受けて幕《まく》を閉《と》じた。

「いや～、本当におみごとでございました～」

楽屋《がくや》にもどると、白神《しらかみ》さんがおいおいと泣いてぼくらを迎《むか》えた。

ボンドさんも満足《まんぞく》そうにうなずいている。

「はっはっは。〈そのうち浮《う》きあがり隊《たい》〉の出演《しゅつえん》時間は、最高視聴率《しちょうりつ》をマークしたそうですぞ」

「あたりまえやがな。歴史《れきし》に残るパフォーマンスやで」

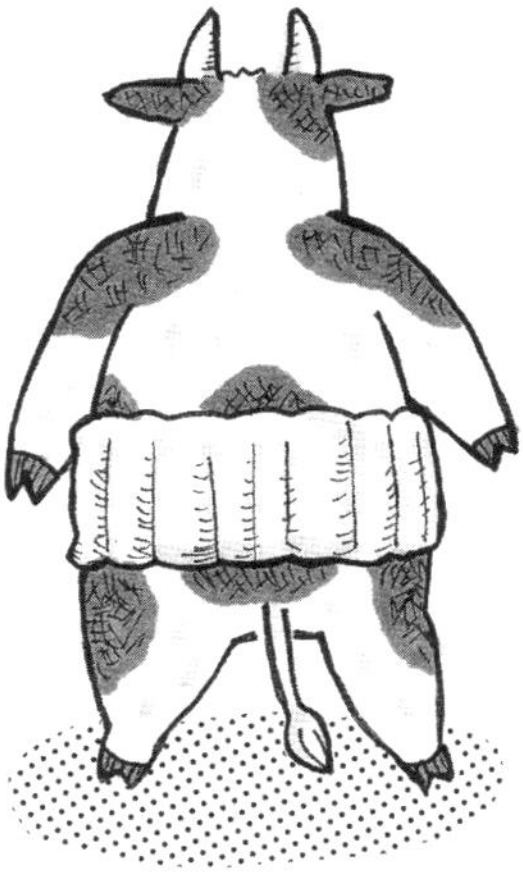

「ま、レラミのアイデアが成功しないわけないわ」

マリー・アントワネットの部屋《へや》かと思うようなゴージャスな楽屋《がくや》で、ぼくらはしたたる汗《あせ》をぬぐっていた。

ぼくだって、最高に充実《じゅうじつ》した気分だった。このままさっさと、ジュースで乾杯《かんぱい》でもしたいところだ。

でもその前に、ききたいことがありすぎる……。

「あのお、ちょっといい？」

思い切って、ぼくは口火《くちび》を切った。

「そのお……、なんで……、か、母ちゃんが超合金《ちょうごうきん》ドアなの？」

その瞬間《しゅんかん》、全員がいっせいにぼくを見た。母ちゃんも、超合金《ちょうごうきん》ドアの穴《あな》から顔をのぞかせて、じっとこっちを見ている。

「うむ、それはじゃな」

ボンドさんが、こくりとうなずいて説明しようとした。すると、

「待ってくださいっ！　私《わたし》から言わせてください！」

　と母ちゃんが大声でさえぎった。ズズズッとドアの底を動かし、ぼくの正面に来る。母ちゃんは大きく深呼吸《しんこきゅう》をすると、こう言った。

「四郎、あんたクリスマスに、夜空に向かって強く願ったんですってね。プレゼントをくれって」

　ドキリとして、ぼくは息をのんだ。

　たしかにぼくは、去年のクリスマスの日、プレゼントが欲《ほ》しいって強烈《きょうれつ》に願った。そしたら、なぜかうちにウシが来た

んだ。ウシが来て以来、ぼくはめちゃくちゃなことに巻《ま》きこまれてばかりだったけど……。

うしろをふりかえると、ウシが仁王立《におうだ》ちして、ぼくをじっと見ていた。

「あんとき、きみの思いが強烈《きょうれつ》やったから、ワシが派遣《はけん》されて来たと言《ゆ》うたやろ？」

ウシはブフッと鼻息をはいた。おぼえてる。たしかにあのときぼくは、「ぼくにもプレゼントをくれよ」って強く願ったんだ。そのとき、いちばん強烈《きょうれつ》に願っていたことは……。

「も、もしかして、ぜんぶウシが計画したことだったたっての？」

ぼくはぶんぶん首を回して、みんなを見た。レラミ、三段界《さんだんかい》さん、ボンドさん、白神《しらかみ》さん、バンドのことも、みんなみんな、ウシが、あのときから？

「ドアをふっ飛ばしたのも、計画だったたってこと？」

そう言うと、白神《しらかみ》さんが、ほっほっほと笑った。

「ボンドさまの霊能力《れいのうりょく》によって、お母さまの居所《いどころ》はすぐにつきとめられたんですよ。ですが、お母さまはご家族に会うのをお迷《まよ》いでした。その一方、ごようすは見守りたいとの思いも強くおありで。そこでひとつ、白神《しらかみ》が手を打ちまして」

「そうか、ドアを壊《こわ》そうとしたらジェット機が飛んできたのは、中に母ちゃんがいるっていう秘密《ひみつ》を守るためだったのか」

って、白神《しらかみ》さん、やりすぎだろ！

「ジェット機は私《わたくし》の趣味《しゅみ》でございます。今風《いまふう》に言うと、ミリタリーオタクというやつでございましょうか。ほっほ」

白神《しらかみ》さんはにここに笑っている。あぶなすぎる。このじいさん、やさしそうな顔して、実はいちばんヤバイやつなんじゃないの？

「それはもう、あのドアには最新のテクノロジーをふんだんにつめこみましたよ。ほら、あのボンドさん像《ぞう》ですが、カメラになってましてね。超合金《ちょうごうきん》ドアと連動して、家の中も観察できるようにしたんですよ」

「ちょっと！　それストーカーじゃん！」

うわ〜、あの金ピカのボンド像《ぞう》、カメラだったのか。どうりでだれかに見られてるような、不気味な感じがしてたんだ。

それにしても、あの超合金《ちょうごうきん》ドアの中に母ちゃんが入ってたなんて……。そりゃ、くそ重いはずだよ。

「そっか、あのドアの中に入ってたとはなあ。いやあ、かぶりもの好きのきみらしいね！」

父ちゃんが明るい声で言った。

「その超合金《ちょうごうきん》ドア、すごく似合《にあ》ってるよ。やっぱりきみは、かぶりものをかぶらせたらピカイチだなあ」

「やだ、恥《は》ずかしいわ。でも、ありがとう」

父ちゃんと母ちゃんはほおを赤らめて照れ笑いしている。いやいや、そこ、もじもじするところじゃないと思うんですけど……。

「はあ〜、ったく、やれやれだよ。ていうか、母ちゃんさあ、家族のことのぞき見してどうすんの。なんでもっと早く登場しなかったのさ?」

「それはだって、勝手に怒《おこ》って出ていったのに、調子よく帰るなんて変じゃない」

いやいや、ドアに入ってストーキングするほうが変ですってば!

「それに、あんたたちがあたしのこと、必死で探《さが》してるから」

母ちゃんが言うと、レラミがふふんと笑った。

「ボンドさんとレラミでね、再会《さいかい》はいちばん最高のシチュエーションにしようってプランを練《ね》ったのよ」

「へえ!」

ぼくはおどろいて、まじまじとレラミを見た。まさかレラミが、ぼくのためを思ってやったってのか?

「ちょっとちょっと、四郎ちゃ~ん」

レラミはぱたぱたと手をふった。

「かんちがいしてない? レラミが四郎ちゃんのためにやったなんて考えるのは

勘弁《かんべん》してね。ウシがいきなり現《あらわ》れて、頼《たの》まれたのよ。まあ、四郎ちゃんをオモチャに遊ぶのは昔から楽しかったし、ひまつぶしにはいいかなってね」

レラミは巻《ま》き毛《げ》を指でくるくるすると、「栃乙女財閥《とちおとめざいばつ》の姫《ひめ》が本気でアイドル目指すときは、さっさといろいろ買収《ばいしゅう》しちゃうわよーう」と、きゃらきゃら笑った。

そして、あの変なキーホルダーを、ぽーんとぼくのほうに投げた。

ぼくはキーホルダーをまじまじと見た。

ぼく、父ちゃん、三段界《さんだんかい》さん、レラミ、そして、ウシ。

父ちゃんといっしょに日本一のバンドをやれることになったのも、音楽を楽しむことができたのも、そして、母ちゃんとまた会うことができたのも、思えば、ぜんぶぜんぶ……。

「な、なあ、ウシ。あのさあ、おまえって、おまえって本当は……」

キーホルダーをにぎりしめて、ぼくはうしろをふりむいた。すると、

「あー、ちゃうちゃう、ちゃうで」

ウシは前足を、鼻の前でぶんぶんふった。

「最初に言《ゆ》うたやろ。ワシがきみのとこに来たんは、きみが強く願ったからワシが派遣《はけん》されたんやと。つまり、ぜんぶきみが強く願ったから起きたことなんや。ワシがきみのためにやったなんて、思わんでええねんで。きみの思いの力や」

ウシの言葉に、ぼくは顔をゆがめた。

今にも泣いてしまいそうだった。

あのクリスマスの日、ぼくはたしかに、強く強く願ったんだ。

ぼくにもプレゼントをくれよって。

よその家の子みたいに、ちょっとくらい幸せをくれよって。

そしてぼくは欲《よく》ばりだから、たくさん願いごとをした。父ちゃんが元気になりますように。できれば父ちゃんといっしょにバンドをやれますように。母ちゃんが帰ってきて、また三人でいっしょに暮《く》らせますように。

そしていちばん最後に、ぼくは強烈《きょうれつ》に、こう願ったんだ。

——なによりも、ぼく自身がおもいっきり楽しめる、日本一のバンドを、いつか結成できますようにって。

「あのさ、ウシ！」

やっぱり、ぼくはウシに、ちゃんと言わないといけないことがある。

そう思って顔を上げた。

それなのに、

「あ、じゃあワシ、行くわ！」

ウシは左前足をさっとあげ、ドスドスと部屋《へや》を出ていってしまった。

「あ、おい！　ちょっと待ってよ！」

あわてて、ぼくはウシのあとを追いかけた。

でも、ウシはダッシュで走っていく。猛烈《もうれつ》な速さだ。

「っていうかウシ、おまえ足速かったのかよ！　ウシのくせに!!」

ウシの背中《せなか》はどんどん遠ざかっていき、たちまち廊下《ろうか》のむこうに消えた。そしてスタジオの外まで出たときには、あたりにはどこにも、ウシの姿《すがた》は見あたらなくなっていた。

「うそだろ……」

ぼくは信じられない気持ちだった。

あんなに、あんなに家にいつかれてうっとうしかったのに、いなくなるときは、こんなにあっけないだなんて。

「ウシ、ぼく、おまえに言わなきゃいけないこと、言えてないよ……」

ぼくはぐっと拳《こぶし》をにぎりしめた。そして、ぽっかりと浮《う》かんでいる、夜空の満《まん》月《げつ》を見あげた。

「ウシってほんとはいいヤツだったんだな！　ありがとうー!!」

クリスマスのときと同じように、どこかにいるウシに強い思いが届《とど》くよう、ぼくは、大きな大きな声で叫《さけ》んだ。

ウシクルナ！

……で、そのすぐあとのことなんだけどさ。

めでたく父ちゃんと母ちゃんが仲直りして、レストランでごはんを食べたあと、ぼくらはまた三人で暮《く》らすために、ほくほくした気持ちでアパートに帰った。

で、ドアのない玄関《げんかん》をくぐって家に入ったわけ。「新しいドアつけなきゃね〜」なんて、笑い話なんかしながらさ。

そんで、ぼくはすぐに、部屋《へや》のふすまを開けたんだ。

するとそこに……。

「よーお、遅《おそ》かったやないか～」

「ウ、ウシー!?」

そう、いたんだよ。あの巨体《きょたい》が。

白黒のでっぷりした体を横たわらせて、せんべいなんかかじってたんだ！

「て、て、て、ていうかウシ、なんでいるんだよ！」

「はあ、なんでてなにがあ？　っていうかさあ、きみらひどない？　ワシがコンビニにジュース買いに行ってる間に先に帰ってもうてさあ。おかげでタクシーひろて、よけいな金使《つこ》てしもたわ」

ウシは、ぷんぷん怒《おこ》っている。

ぼくは、開いた口がふさがらない。

「っていうかウシ、帰ったんじゃなかったのかよ！」

「へ？　なにわけわからんこと言うてんの？　帰るってどこに？　だってワシの家、ここやん」

ぼくは頭がまっ白になって、ズダーンとその場にひっくりかえった。


で、結局そのあとどうなったかというと。

ウシはあいかわらず、ぼくんちにいる。

その代わり、また母ちゃんがいなくなった。

なぜかっていうと、もともとワガママな母ちゃんと、さらにワガママなウシが同じ家にいると、とんでもないことがたくさん起きたからだ。

「キー！　がまんならない。出ていかせてもらうわ！」

ある日母ちゃんは、新しくなったアパートのドアを、バーンと蹴《け》っとばして出ていってしまった。それを見てウシのやつは、

「あれ、また出ていきはんの？　なんなん？　旅好きな人？」

なんて言って、どてっ腹《ぱら》をごりごりかいていた。

それで、ですよ。

ぼくのこのくだらない話にずっとつきあってくれた人に、ぼくが言っておきたいことが、ひとつだけある。

それは、もしもきみんちの窓《まど》の外に、いつか突然《とつぜん》ウシが現《あらわ》れたとしたら、絶対《ぜったい》に、家に入れちゃいけないってこと。

そして、家の中から、こう叫《さけ》ぶんだ。

「ウシ、来るな！　来るなよ。おいこら、ウシクルナ！」

ってね。

絶対《ぜったい》、絶対《ぜったい》、ウシが来たら、追いかえしたほうがいいよ。

これだけはおぼえておかないと、とんでもないことになるんだからなー!!

超《ちょう》合《ごう》金《きん》ドア

おまけのウシマンガ

上のほうにいるお方

四郎くんは
考える
うーん
ウシに
うちに行けと
言ったという
来たでー
上のほうにいる
神さんみたいな
お方って……
イエーイ
いったい
どんなやつだ?
ザ・謎《なぞ》!
何ー
こんなとんでもない
ウシを送りつける
やつだから
まさか……
ウマ
とか
シカとか
くさくれ
ワニ
とか
マンドリル
とか
あちこち
送りつけてない
だろうな!?
アにー
やめろー!!
めいわくだー
ありえるなあ

陣崎草子
じんさき・そうこ
大阪府生まれ。大阪教育大学芸術専攻美術科卒業。絵本作家、児童文学作家、歌人。『草の上で愛を』で第50回講談社児童文学新人賞佳作を受賞、同作でデビュー。小説作品に『片目の青』（講談社）、『桜の子』（文研出版）。絵本作品に『おむかえワニさん』（文溪堂）、『おしりどろぼう』（くもん出版）。歌集に『春戦争』（書肆侃侃房）。絵の担当作品に『高尾山の木に会いにいく』（理論社）、『ユッキーとともに』（佼成出版社）、『わたしのタンポポ研究』（さ・え・ら書房）、『オムライスのたまご』『うっかりの玉』（講談社）など、著作多数。

飛ぶ教室の本
ウシクルナ!

2018年 6 月 1 日　初版第1刷発行
2019年 5 月10日　　　第2刷発行

著　者　陣崎 草子
発行者　小泉 茂
発行所　光村図書出版株式会社
〒141-8675　東京都品川区上大崎2-19-9
電話　03-3493-2111（代表）
印刷所　株式会社加藤文明社
製本所　株式会社難波製本
装　丁　城所 潤

　ISBN978-4-8138-0049-1

定価はカバーに表示してあります。

落丁本・乱丁本は、お手数ですが小社までお送りください。送料小社負担にてお取り替えさせていただきます。

[初出]児童文学総合誌「飛ぶ教室」40号、43号、44号、46号～51号
単行本化にあたり、加筆修正しました。